언젠가 설명이 필요한

밤

쉽게 잠들지 못하는 밤은

언젠가 설명이 필요한 밤

초판 1쇄 발행 2017년 3월 17일
초판 2쇄 발행 2017년 4월 3일

지은이 안녕하신가영
A&R 천시우

기획편집 김소영
기획마케팅 최현준
디자인 Aleph Design

펴낸곳 빌리버튼
출판등록 제 2016-000166호
주소 서울 마포구 양화로11길 46(메트로서교센터) 5층 501호
전화 02-338-9271 l **팩스** 02-338-9272
메일 billy-button@naver.com

ISBN 979-11-959909-2-4 03810
ⓒ 안녕하신가영, 2017, Printed in Korea

이 도서의 국립중앙도서관 출판예정도서목록(CIP)은 서지정보유통지원시스템 홈페이지(http://seoji.nl.go.kr)와
국가자료공동목록시스템(http://www.nl.go.kr/kolisnet)에서 이용하실 수 있습니다.(CIP제어번호:CIP2017005639)

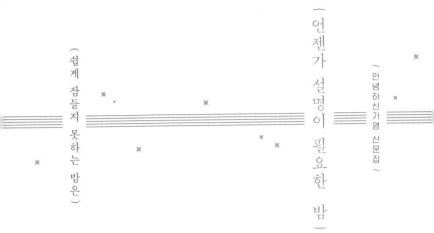

〔언젠가 설명이 필요한 밤〕

（쉽게 잠들지 못하는 밤은）

／ 안녕하신가영 산문집 ／

빌리버튼 billy button

당신의 하루는
오늘도 안녕하신가영

○

"평범한 내가

너를 생각하는 이 마음이

특별해졌을 때

당연하던 모든 것들이

너에게로 가서는 하나의 의미가 돼."

- '좋아하는 마음' 중에서

○

목적 없는 글쓰기를 좋아한다.

기록적인 면에서 나에게 가장 필요한 글쓰기는 가사보다 일기가 아닐까 생각하는데, 어렸을 때부터 나는 유독 일기 쓰는 걸 싫어했다. 내가 생각하는 일기는 좀 비밀스런 맛이 있어야 하는 글이다. 그런데 어린 시절 내가 쓴 일기는 선생님께 검사를 맡아야 하는 목적까지 지녔다. 그래서 그런지 일기는 영원히 미루고 싶은 숙제처럼 느껴졌다. 자물쇠가 달린 일기장이 유행할 때도 있었지만 부실해 보이는 열쇠마저 믿을 수 없었던 나는, 나만의 특별한 이야기를 일기에 썼던 기억이 별로 없다.

그 후로 앞에서 말한 목적 없는 글쓰기만이 계속되었다. 이 책은 그렇게 천천히, 자연스럽게 흘러올 수 있었다. 지금 이 글을 쓰면서 책 한 권의 분량이 만들어지는 일보다 프롤로그를 쓰는 일이 더 어렵다는 것을 알게 되었다. 예상보다 훨씬 더 많은 나의 이야기들을 하게 된 것 같아 부끄러운 마음 또한 감출 수 없지만, 이런 소중한 경험을 하게 해주신 많은 분들의 감사함을 잊지 않고 지금처럼 묵묵히 계속 무언가 써나가는 사람이고 싶다.

1 겨울에서 봄

무심한 계절을 지나 따뜻한 봄이 오면
나를 걱정한다던 너의 그 마음을 알까
얼어붙은 날들을 지나 따스한 내가 되었으면 하는
외로운 계절 하나

2호선

2호선은 가장 붐비는 지하철 노선이다. 같은 노선을 새로운 사람들과 매일같이 순회하는 2호선을 생각하면 괜히 외롭다.

큰 꿈을 안고 졸린 눈을 부비며 걸음을 옮기는 사람들과 이 넓은 세상에 설 곳 하나 없는 자신을 구겨넣는 사람들.

2호선은 오늘도 어디론가 우리를 실어나른다. 어떤 사람은 틈틈이 한강을 비추는 유리창 속의 자신을 마주하고, 또 다른 사람은 어딘가에 기대어 스마트폰을 만지작거리거나 묵묵히 고개를 떨구고 있다.

끊임없이 반복하고 순환하는 삶이, 그래도 조금은 아름답기를.

2호선

생각 없이 걸음을 옮긴다

무거운 걸음이 너를 슬프게 한다

출발한다, 잠이 든다, 반복된다

생각 없이 눈을 떠보니

익숙한 역이 또 너를 슬프게 한다

하루의 끝에도 나는 너를 만난다

시작은 했는데 끝은 어딘지

너도 알지 못한 채 가고 있다

오늘 이곳이 내일도 이곳인

여기에서 또 슬프다

신호
등

두 사람 사이에 빨간불이 들어오면 기다려야 한다. 이때 섣불리 길을 건너면 누군가 다칠 수도 있다.

기다림 끝에 노란불이 잠깐 찾아오면 조금 더 기다려야 한다. 멈추어 서서 마음의 준비를 하는 시간이다.

녹색불이 켜진다. 이때는 걸어도 좋고, 뛰어도 좋고, 원한다면 건너지 않아도 좋다. 혹시 망설였다면 녹색불이 깜빡일 때가 마지막 기회다. 이때는 기다리지 않아도 된다. 대신 뛰거나 뛰지 않아야 한다.

그리고 다시 빨간불이 들어오면, 그때는 후회가 들어도 내가 선택한 일이라는 것을 마음속 깊이 알아야 한다.

문래동

문래동 하면 두 가지 기억이 난다.

하나는 스물한 살 때. 휴학을 하고 문래동 큰삼촌 댁에 잠깐 머물렀다. 나는 기억력이 정말 나쁜 편이라 그때 일이 잘 기억나지 않는다. 편안하고 안락하게 머무를 수 있었지만 어린 나이에 왠지 좀 눈치가 보였던 것도 같다.

두 번째는 〈좋아서 하는 밴드〉 정규 1집을 작업할 때 문래동을 왔던 일이다. 거의 1년가량을 문래동에 왔다.

우리는 문래예술공장에서 녹음을 했나. 세작비를 아낀다는 명목으로 문래동을 찾았지만 어쩐지 밥값과 커피값이 더 많이 나간 것 같다. 하지만 맛있는 걸 너무 좋아했던 우리는 밥을 먹은 뒤에는 커피를 마셔야 했다. 꼭 케이크 혹은 빵과 함께. 그 덕에 늘 즐겁게 작업을 할 수 있었고 앨범도 무사히 나올 수 있었다. 그리고 빈틈없이 완벽한 팀워크를 위해 다 같이 살도 쪘다. 함께 술을 즐겨 마시지 않았던 걸 정말 다행이라고 생각한다. 물론 나는 커피만큼 술도 좋아하지만.

그때로 다시 돌아간다고 해도 아마 그렇게 작업을 하지 않을까. 앨범 작업이라는 게 늘 아쉬움이 남는 일이지만 이때만큼은 과정에 있어서 오히려 아쉬움이 적었던 때이기도 하다.

출근하다시피 했던 문래동을 오랜만에 찾아갔다.

눈 감고도 다닐 수 있는 곳이라고 생각했는데 지하철 출구에서 잠깐 헤맸다. 나쁜 기억력 탓에 익숙하게 가던 곳을 찾아가는 데도 꽤 헷갈렸다. 그래도 옛날 생각을 하며 천천히 걷는 문래동은 왠지 또 다른 추억을 안겨줄 것만 같아서 설레었다.

새로운 기억이 자리 잡기 전에 옛날의 좋았던 기억들을 남겨놓아야지.

잘 지내니 좀 어떠니

어느 샌가 재밌는 얘기도 없고

평소보다 잘 웃질 않고

시선은 내 얼굴 옆이고

이럴 때만 내 마음이 넓어져서

그냥 그런 날인가보다

생각하며 대수롭지 않게 넘어갔지

아무렇지 않다는 너의 말에

정말 그런 줄만 알았었어

이젠 너무 늦어버린 내 맘도

정말 아무렇지 않겠지만

잘 지내니 좀 어떠니

내 생각은 가끔이라도 하니

이렇게 너에게 미안한 만큼

행복하게 사니

잘 지내니 좀 어떠니

누군가 잘해주는 사람은 있니

이렇게 늦어버린 안부인사

받아줄 수 있니

사랑이 끝나면 우린 약속한 듯이

아무런 사이도 아니었던 것처럼

시간이 지나면 다른 사랑을 하고

우리는 아무것도 아닌 것이 되고

명언

친구 시우랑 저녁을 먹다가 명언이 하나 탄생했다.

이번 토요일, 시청 근처에서 공연을 끝내고 맛있는 점심을 먹자는 이야기를 하던 중이었다. 평소 재밌는 이야기를 주로 나누는 우리의 대화에서 '행복'이라는 단어는 왠지 좀 오글거려서 찾아보기 힘든데, 마침 함께 준비하던 일의 결과가 좋기도 했고, 새로운 일들에 대한 기대로 한껏 들뜬 순간 그 단어가 튀어나오고 말았다. 그렇게 명언은 만들어졌다.

"행복 : 현재 맛있는 걸 먹으면서 다음에 어떤 맛있는 걸 먹을지 고민하는 것."

나쁜
사람

겪어서 나쁜 사람 없다는 이야기를 많이들 한다. 나도 그렇게
생각한다. 시간이 흘러감에 따라 나쁜 사람의 범위 또한 좁아
지지만, 깊어지고 조금은 관대해지는 것을 느낀다.

드물지만 최근에 멀어지게 된 사람, 정확히는 내가 스스로 멀
어지길 원한 사람이 있었다. 이렇게 어쩔 수 없이 만나게 되는
'진짜' 나쁜 사람은 보통 나와 가까웠던 사람일 가능성이 높다.
그리고 멀어지기 위해 노력하는 나 또한 나쁜 사람의 범위에
서 완벽히 자유로울 수는 없다.

세 가지
소원

나는 욕심이 많아서 앞으로 인생을 살아가면서 바라는 것이 크게 세 가지나 된다.

항상 손이 가는 것이 음악이었으면 좋겠고, 가족과 친구들에게는 늘 음악을 하고 있는 사람이었으면 좋겠고, 한 사람에게는 그냥 평범한 여자였으면 좋겠다.

'좋은' 뮤지션이 되는 일보다 '그냥' 뮤지션이 되는 일이 더 어렵게 느껴진다. 꾸준히 무언가를 조용히 해나가는 것이 아마도 가장 어렵고 위대한 일일 것이다.

쿨하지 못해
미안해

인간관계에 있어서 '쿨하다'는 표현이 싫다. 특히 사랑에 있어
서는 더욱 그렇다. 나도 종종 듣곤 했던 말인데 그럴 때마다 발
끈했다.

'쿨하다'는 말이 존재하기 전에는 상대방을 쉽게 오해하지 않
기 위해서 노력하는 '진심'이 있었다. 그런데 그런 진심들이
'쿨하다'는 표현 하나에 자칫 남들보다는 좀 덜 신경을 써도
되는 사람으로 둔갑하기도 하고, 사랑에 둔감한 사람이 되어버
리기도 한다.

소위 '쿨해 보이는' 사람들은 사실 대부분 예민하거나 호락호
락하지 않다. 상대방의 입장에서 한 번 더 생각해보는 여러 가

지 배려가 단순히 쿨함으로 치부될 때, 나를 포함한 이런 사람들은 그때부터 쿨함을 넘어서 얼어붙기 시작한다. 그리고 이상한 분위기를 눈치채기 시작한 상대방은 그제야 평소보다 훨씬 더 큰 친절함을 보인다.

좋은 예가 잘 떠오르지는 않지만 '쿨하다'는 표현이 다른 적합한 표현으로 대체된다면 인간관계에서 생길 법한 이런 소소한 일련의 과정들이 좀 더 유연해질 것 같다. 괜한 걱정이었던 것 같기도 하고. 어쨌든 쿨하지 못해 미안해.

호두
커피

나의 카페 선택 기준에 있어서 커피의 맛만큼 중요한 것이 카페 사장님의 스타일이다.

카페는 커피만 맛있어도 충분하다. 그러나 마음에 드는 카페를 꾸준히 가려면 사장님의 스타일이 못지않게 중요하다.

'호두커피'라는 카페가 있다. 나는 이곳에 가면 항상 따뜻한 카페라테를 주문한다. 내가 선호하는 카페 사장님의 스타일은 손님의 확실한 취향과 패턴을 알면서도 "오늘도 따뜻한 카페라테로 한 잔 드릴까요?"라고 질문하지 않는 것, 어제 보고 오늘도 봤지만 "오늘도 오셨네요!"라고 말하지 않는 것이다. 호두커피 사장님은 주문을 받을 때 손님과 눈을 잘 맞추는 편은 아니지만 그런 적당한 어색함에서 나오는 공기가 무거웠던 적도 없다.

호두커피에서 흘러나오는 음악이 내 발길을 이곳으로 이끈다. 취향을 저격하는 듯한 사장님의 선곡. 음악을 업으로 삼고 있는 나보다 훨씬 많은 음악을 들으시는 것 같다. 예전 파란색 탁구대가 테이블이었을 때의 호두커피가 사실 더 완벽했지만 테이블의 변화가 생긴 지금의 호두커피도 좋다. 카페라테의 맛과 사장님은 변함없으니까.

호두커피는 주말에는 평소보다 한두 시간 일찍 문을 닫는데, 나는 그래서인지 주말 낮에 이 카페에 앉아 햇빛을 받으며 책 읽는 것을 좋아한다.

평소보다 한적한 어느 주말이었다. 그날은 손님이 나 혼자였다. 늘 그렇듯이 나는 똑같은 주문과 비슷한 시선 처리를 주고받은 후에 익숙한 자리로 가 책을 읽었다. 시간이 얼마쯤 흐르고 한 여성분이 카페로 들어왔는데 호두커피 사장님이 미소를 짓고 있었다. 나는 그때 사장님의 웃는 모습을 처음 봤다. 아마도 여자친구 같아 보였다. 적적하던 호두커피의 공기가 갑자기 바뀌는 걸 느꼈다. 무거워진 건지, 가벼워진 건지는 잘 모르겠지만 확실히 처음 느껴보는 무게의 공기였다.

나에게는 철저히 완벽한 모습을 보이던 카페 사장님이 한 여자를 사랑하는 남자의 모습을 하고 있을 때 나는 이곳을 조금 더 좋아하게 되었다. 그리고 그날 나는 호두커피의 맛의 비결을 알게 된 것 같다.

인생은 알 수가 없어

핫초코를 찾아 떠난 커피숍에서 마주친 카페라테

어떤 게 더 좋을까 고민고민하며 한걸음 다가간다

주문을 하고 카페라테를 마신다

한 모금 마신 후에 불현듯 떠오르는 핫초코

핫초코 초코 핫초코

핫초코 초코 핫초코

주문할 걸 너무 섣부른 결정이었나

핫초코 초코 핫초코

핫초코 초코 핫초코

집에 가기 전에 잊지 말고 Take out

가벼운 걸음으로 집에 돌아간다

기분이 너무 좋아

네게 줄 수 있는 건 이것밖에 없다

따뜻하게 데우자

주방에 가서 전자렌지를 찾는다

눈앞에 들어온 건 엄마가 사온 듯한 핫초코

카페라테로 사올 걸

카페라테로 사올 걸

왜 하필 오늘 우리 엄만 날 생각했나

인생은 알 수가 없어

인생은 알 수가 없어

내일은 이런 일 없을거야 Take out

미
묘

고양이는 참 미묘하게 아름답다.

54,000원의
무지

최근에 들어 내 어리석음은 너무 예쁘고 멋진 쓰레기통을 5만 4천원이나 주고 산 데에서 시작한다.

내 씀씀이는 주로 동네의 몇몇 가게를 중심으로 이뤄지는데, 우연히 인터넷 쇼핑몰에서 보게 된 쓰레기통에 마음을 뺏겼다. 인터넷 쇼핑을 거의 하지 않는 나는 이례적으로 이 쓰레기통을 구입하기로 했다. 원통형 모양의 적당한 크기, 잘 빠진 나뭇결은 쓰레기도 아름답게 만들어줄 것만 같았다.

좋아하는 사람이 생겼을 때 괜히 이유 없이 궁금해지거나 갑자기 얼굴이 떠오르곤 하는데, 이 물건이 그랬다.

얼마 후 택배가 왔고 역시나 마음에 쏙 들었다. 그런데 너무 소중히 생각했는지, 이 쓰레기통을 보호해줄 알루미늄 쓰레기통을 검색하는 나를 발견했다.

보이는 것만 좇다 보니 나에게는 어리석음만 남았다. 마음에 드는 걸 발견하면 또 그것을 보호해줄 다른 것이 필요하다. 끝나지 않을 뻔했던 쓰레기통의 향연에서 벗어난 나는 홀가분하게 쓰레기를 버렸다.

나를 힘들게 하는 감정들도 내 마음속 보이지 않는 곳에 항상 버려지지만, 그곳을 조금 더 아끼는 마음이 있다면 버려지는 감정들에도 조금이나마 의미가 부여되지 않을까.
앞으로는 불필요한 것들도 의미 있게 버리는 사람이 되어야지.

천
재

스스로를 가끔 천재가 아닐까라고 의심해볼 때가 있다. 그 이유는 단 한 가지인데, 천재가 아니기 때문이다.

'나, 혹시, 천재?'라고 의심해보는 것에는 불필요한 면도 없지 않아 있지만, 그렇다고 해서 전혀 백해무익한 것도 아니다. 천재가 아니기 때문에 천재가 아닐까 하는 상상은 묘한 자신감을 불러일으키기도 하며, 노력에 비해 기대에 못 미치는 결과 앞에서도 '천재가 아니기 때문'이라는 전제가 있어 비교적 안심한다. 반대로 노력한 것보다 좋은 성과가 나오면 '역시 천재가 아닐까' 하고 입술을 앙 다문 채, 또는 한 손으로 입을 막은 채 고개를 끄덕끄덕하면 그만이다.

그나저나 정말 이런 생각을 서슴없이 하는 나, 혹시 진짜 천재가 아닐까? 아님 말고.

낭만
레코드

어버이날을 앞두고 부산에 며칠 다녀왔다.

엄마와 남포동 여기저기를 돌아다니고, 오랜만에 보수동 거리도 걸었다. 출출해질 쯤에 맛집을 검색해서 맛있는 밀면도 먹고, 어버이날 선물로 신발도 사드렸다. 그날이 서울로 돌아오는 날이었는데, 엄마는 새 신발로 갈아 신으시고 부산역까지 배웅해주셨다.

지하도를 따라 중앙역으로 걸어가는데 손님보다 상인이 많아 보이는 무수히 많은 상점들 속에서 '낭만레코드'라는 간판이 보였다. 이상하게 나는 서울에 있을 때보다 다른 지방에 여행을 갔을 때 레코드점을 방문하는 경우가 많다. 그날도 어떤 낭만에 이끌려 그 가게로 냉큼 들어갔다.

가게 안에는 주로 트로트 음반이 많았고, 가요 CD와 간간이 오래된 팝 CD들이 보였다.

"엄마랑 딸이랑 쌍둥이네."라고 말을 건네신 아저씨는 요즘 사람들은 CD를 안 산다는 말과 함께, LP를 들어보라고 하셨다. 물론 LP도 좋지만, 나는 CD 세대여서 그런지 CD 쪽에 더 향수가 짙다.

엄마와 나는 CD를 한 장씩 골랐다. 엄마는 예전에 유행했던 노래가 종류별로 담겨진 옴니버스 CD를 골랐고 나는 몇 장 없는 오래된 팝 CD들 속에서 〈노 다웃No Doubt〉의 '트래직 킹덤 Tragic Kingdom' 앨범을 골랐다. 그런데 2만 원에 CD를 두 장 사고 나니 왠지 모를 허무함과 처연함이 들어서 아저씨에게 황급히 인사를 하고 가게를 나왔다.

처음에는 음악에 대한 낭만과 부푼 기대로 가게를 오픈했을 아저씨는 지금은 형광등 불빛 아래서 낮을 지새우며 피곤해 보이는 얼굴로 기약 없는 손님을 기다린다. 하지만 아저씨의 여전한 음악에 대한 낭만이 오늘도 가게의 문을 열었을 것이다.

서울에 도착해 짐을 정리하면서 〈노 다웃〉의 CD를 틀었는데,

1번 트랙이 '스파이더웹스Spiderwebs'라는 노래였다. 노래 제목은 가물가물한데 인트로부터 노래가 끝날 때까지 거의 모든 리듬과 곡 구성을 알고 있는 내가 신기했다. 희미한 기억을 따라 좇아가보니, 이 곡은 친구들과 밴드를 하던 고등학생 시절에 공연을 했던 곡이었다. 불특정 다수의 멤버와 시간이 맞는 사람들끼리 합주를 하거나 공연을 할 때면 너 나 할 거 없이 그냥 밴드가 되곤 했던 그때의 낭만이 생각나 몇 번이고 이 노래를 돌려들었다.

우연히 들른 '낭만레코드'에서 잊고 있던 낭만과 레코드를 찾았다.

네 곰대로
해라

곰은 네 발로 걷는다.

어느 시점부터 회로가 잘못된 건지, 나는 더 이상 키가 자라지 않는 나이가 된 지 오래되어서까지도 곰이 두 발로 걷는다고 생각했고 지금도 그렇게 믿고 있다.

그런데 불과 몇 년 전에 남자친구와 곰에 대한 이야기를 하다가 내 환상은 깨어지고 말았다. 곰이 두발로 걷는다고 완강하게 주장하는 내 앞에서 처음에는 실소를 머금더니 꽤 진지해진 나를 보고는 불타는 교육의지를 느낀 건지, 남자친구는 급기야 유튜브에서 곰이 네 발로 걷는 영상을 찾아서 보여주기까지 했다.

적잖이 충격을 받았다. 나는 두 발로 걷는 곰도 보여주면서 "곰은 네 발로 걷기도 하고 두 발로 걷기도 해."라며 반박하고 싶었지만, 그 곰은 내 환상 속에서만 활보하고 있었다.

하지만 너무 오랫동안 한 치의 의심도 없이 믿어왔기 때문일까. 두 눈을 똑바로 뜨고 네 발로 걷는 곰의 영상을 봤는데도 불구하고 어쩐지 쉽게 믿을 수가 없었다.

가장 좋아하는 드라마이기도 한 〈네 멋대로 해라〉를 보면 믿음에 대한 명대사가 나오는 대목이 있다. 공효진이 이나영에게 했던 말이다.

> "너 같은 년들은 잡생각이 많아서 믿음이라는 걸 모르지? 믿는다는 게 뭔 줄 아냐? 그 사람이 날 속여도, 끝까지 속아 넘어가면서도 믿어버리는 거. 그게 믿음이다."

나는 그냥 곰이 두 발로 걷는다고 믿기로 했다.

얼
굴

좋은 점, 나쁜 점, 따뜻한 점, 궁금한 점, 아쉬운 점, 부족한 점 등등 무수히 많은 점들이 지나가면 하나의 선이 만들어진다. 그렇게 만들어진 선들은 넘지 말아야 할 경계선을 넘을 때도 있고, 그대로 머물며 다른 선을 지나치기도 한다. 그리고 마음이 잘 맞는 선들이 모이고 또 모이면 크고 작은 각도를 만들어내며 하나의 면이 생긴다.

사람의 얼굴은 어느 순간 변하고, 그 모습을 유지하면서 죽을 때까지 완성되는 것일까. 한 사람이 가지는 고유의 다각형을 잘 다듬고 다듬어 마지막에는 우리 모두 마음에 드는 얼굴로 작별했으면.

겨울에서
봄

뮤지션에게 겨울은 보릿고개라고 불리운다. 그 추운 겨울을 지나 봄을 맞이한 나에게, 평소보다 여유가 생긴 것을 귀신같이 알아챈 우주가 온 힘을 다해 노력한 결과였는지 갑자기 목돈 나갈 일들이 많아졌다. 항상 사고 싶은 게 있지만 돈이 없을 때마다 '부채도 자산'이라는 당위성을 내세우다 보니 말이 씨가 되었는데, 어느새 이 말은 내 인생 슬로건 중 하나가 되었다. 이렇게 나는 또 눈에 보이지 않는 자산만 늘려가나 보다.

올해 초에는 슬로건에 걸맞게 빚을 내서 원래 살던 곳보다 조금 넓은 곳으로 이사를 했다. 이사를 하면서 가장 기대를 했던 건 계절마다 옷 정리를 하지 않아도 된다는 사실이었다.

혼자 산 지 꽤 오래되어서 그런지 생각보다 짐이 많았다. 두꺼운 겨울옷들의 정리가 끝남과 동시에 계절마다 옷 정리가 꼭 필요하다는 걸 다시 확인했을 뿐이다.

정리를 하는 데에는 꼬박 며칠이 걸렸던 것 같은데 계절은 야속하게도 참 빨리 바뀐다. 목돈이 갑자기 많이 나갔으니 밖에 나가서 허튼 돈 쓰지 말자는 생각을 하며 집에서 조용히 대청소와 옷 정리를 하기 시작했다. 이사 오면서 불필요한 것은 버리고 새롭게 필요한 것들은 다 샀다고 생각했는데, 정리를 하다 보니 필요한 것들이 또 생겨났다. 그리고 정리가 끝날 때쯤 깨달았다.

밖에 나가서 노는 게 돈이 덜 드는구나. 그래, 가벼운 마음으로 놀러 나가자.

겨울에서 봄

어디선가 들려오는 발자국 소리를 따라

한참을 가다 보면 갈 곳을 잃어버린 듯

헤매는 나를 돌아봐

어디선가 나를 찾는 소리가 들려올 쯤에

한참을 귀 기울여 가까이 가려할 수록

더욱 더 멀어져간다

무심한 계절을 지나 따뜻한 봄이 오면

나를 걱정한다던 너의 그 마음을 알까

얼어붙은 날들을 지나

따스한 내가 되었으면 하는

외로운 계절 하나

무고가 된
이유

태어나고 보니 우리 집은 딱히 종교가 없는 집이었다. 가끔 어른들을 따라 절에 갔던 적은 있지만 그렇다고 해서 불교를 열렬히 믿는 것도 아닌 것 같았다.

종교에 대한 별다른 의식 없이 자라왔는데, 초등학교에 입학해 보니 생각보다 많은 아이들이 종교를 가지고 있었다. 특히 모태신앙으로 기독교를 믿는 친구들이 많았다. 같은 교회를 다니는 친구들끼리 삼삼오오 몰려다니는 게 왠지 부럽고 멋있어 보이기도 했다.

초등학교 3학년 때쯤이었나, 친한 여자애들 중 한 명이 이번 주에 자기네 교회에서 행사가 있다고 했다. 달란트로 이것저것 먹고, 살 수도 있는 행사라며 놀러 오라고 했다. 너무 재밌을 것 같아서 바로 승낙을 했고, 부모님의 영향 없이 스스로 종교가 생기면 왠지 멋있을 것도 같아서 마음을 활짝 열고 주일만 손꼽아 기다렸다.

일요일이 되었다. 너무 오래된 일이라 정확히 기억은 나지 않는데 부모님께 교회 간다는 말을 안 했던 것 같다. 친구랑 미리 만나 놀이터에서 놀다가 시간에 맞춰 교회에서 데리러 온 봉고차 앞에 도착했고, 우리를 반기는 선생님의 지도에 따라 차례로 탑승했다. 들뜬 마음으로 자리에 앉았다. 차가 출발하려는데 갑자기 아파트 입구 쪽에서 걸어나오는 부모님과 오빠가 보였다.

나를 빼고 외식을 하러 나가는 것 같았다. 어린 마음에 갑자기 모든 게 낯설어지면서 급기야 봉고차에서 내리고 싶어졌다. 차가 막 출발하려던 때였지만 선생님께 내려야겠다고 말씀드렸다. 선생님은 웃으면서 교회에 가면 맛있는 음식도 많고, 새로운 친구들도 많다며 걱정하지 말라고 하셨다. 그래도 내려달라고 떼를 썼는데, 차는 이미 시동을 건 터라 출발하기 시작했고, 나는 차창 밖으로 가족들이 멀어지는 모습을 하염없이 바라볼 수밖에 없었다. 아직도 그 장면이 잊히질 않는다.

'다시 돌아오지 못할 것 같아……. 가족들 안녕…….'

쓸데없는 슬픔이 밀려오기 시작하더니 어린 나이에도 별의별 생각이 다 들었다. 다시는 가족들을 못 볼 것만 같은 이상한 기분이었다. 그리고 도착한 교회는 내가 생각했던 것 이상의 축제 분위기였고 모두들 친절했지만 나는 계속 집에 돌아가고 싶은 생각뿐이었다. 그렇게 나의 교회 첫 방문은 가족에 대한 소중함을 느낄 수 있었던 좋은 경험과 동시에 무교로 살게 된 결정적인 사건이 되기도 했다.

이토록 인생에서는 생각보다 많은 것들이 '처음' 경험한 기억에 의해 결정될 때가 많은 것 같다. 나중에라도 종교가 생길 수는 있겠지만 점점 나이가 들수록 노력해서 믿어야 하는 것들이 많아지기 때문에 아마도 힘들지 않으려나.

정의할 수
없는 것

슈즈 브랜드 '베로니카 포 런던'이 다양한 크리에이터들과 협업해 '사랑'을 주제로 하는 포토북에 참여하게 되었다.

'사랑'이라는 주제에 맞게 자유롭게 사진을 찍는 일인데, 그동안 사랑을 노래한 곡들은 많이 써왔지만 이미지로 담으려고 하니 너무 어렵게 느껴졌다. 그래서 다양한 시각으로 사랑에 대한 정의를 내려보기로 했다.

흰색 도화지를 마주했을 때, 또는 시퀀싱 프로그램(작곡과 편곡을 컴퓨터에서 하는 소프트 프로그램)을 켜고 첫 트랙을 만들었을 때의 공포처럼 단 한 글자도 쓸 수가 없었다. 결국 오랜 시간 고민 끝에 처음 내린 정의는 이것이었다.

　　　　- 정의할 수 없는 것

이렇게 정의를 내리고 나니 그 후에는 그럭저럭 써 내려갈 수
있었다.

　　　　- 달리기

　　　　- 뒷모습을 바라보는 것

　　　　- 원하는 만큼의 희생

　　　　- 다양한 각도로 보는 것

　　　　- 맛없는 걸 맛있게 먹어 보이는 것

　　　　- 쨍쨍한 날에도 비가 내리는 것

　　　　- 우연으로 시작하는 것

　　　　- 뜬구름 같은 것

연
필

사람들은 예전만큼 나를 찾지 않는다.

같은 곳에서 움직임 하나 없이 빠르게 변화하는 사물들만을 바라보며 꽤 오랜 시간이 흘렀다. 그리고 사람들은 더 이상 시간을 내어 무언가를 쓰거나 기록하려 하지 않는다. 딱히 시간이 없어서도, 쓰고 싶지 않아서도 아니다. 쓰는 일이라는 것이 어딘가 모르게 슬프기 때문이다.

나는 이토록 미미한 존재로 태어났다. 그리고 어쩐 일인지 열심히 살아갈수록 키는 자꾸만 작아진다. 세월이 흐르면 닳고 닳아 결국엔 사라져버릴 운명을 타고났지만 그럼에도 내가 필요한 이들이 있다면 온몸을 바쳐 재로 남고 싶다. 살아 있는 한 한 번쯤은 나도 누군가가 꾹꾹 눌러쓰는 좋은 문장의 일부가 되고 싶다는 흑심을 품는다.

찾아서 듣는
음악

중학생 때 불면증이 있었다. 그 소중한 시간에 공부를 열심히 했더라면 지금쯤 다른 인생을 살고 있겠지만 나는 라디오를 들었다. 정말 많이 들었다. 잘 모르던 노래를 새롭게 알아가는 것에 큰 매력을 느꼈다.

CD를 구매해서 듣는 시대가 지나고 스트리밍 서비스가 막 활성화되는 시기였다. 누구나 인터넷으로 음악을 쉽게 찾아서 들을 수 있게 된 지 얼마 되지 않을 때라 지금보다 많은 사람들이 음악을 많이 들었던 시기이기도 하다. 라디오를 듣지 않을 때는 매일 업데이트되는 앨범들을 수시로 체크했다. 한 곡에 꽂히면 늘 그 곡만 반복해서 들었는데, 라디오 덕분에 다양한 장르의 음악을 많이 접할 수 있었다.

10여 년이 흐르고 보니 CD는 어느새 기념품이 되어 있었다. CD를 사더라도 음악은 스트리밍으로 듣는다. 나도 사고 싶은 CD가 있으면 구매를 하지만, 음악을 듣기 위해서 산다기보다는 소장하고 싶은 욕구 때문에 살 때가 많다. 음악 만드는 사람 입장에서 여간 부끄러운 일이 아닐 수가 없다. 그리고 더 부끄러운 건 본격적으로 음악을 업으로 삼은 뒤에 오히려 예전보다 열정적으로 새로운 음악을 찾아서 듣는 일이 줄었다는 것이다. 이런 사실조차 인지하지 못하고 지내다가 최근에 생긴 습관 때문에 알게 되었다.

몇 달간 몸이 좋지 않았던 터라 잠을 길게 못 자서 본의 아니게 아침형 인간이 되었다. 아침의 고요함이 싫어서 한동안은 일어나자마자 라디오를 틀었다. 라디오에서 흘러나오는 음악들 중 새로 알게 된 음악에 관심이 생기면 다시 찾아서 들어보기도 하고 예전처럼 메모도 했다.

찾아서 듣는 음악의 묘미를 오랜만에 느꼈다. 요즘은 라디오보다는 눈뜨자마자 컴퓨터를 켜고 새로 나온 음악들과 영상들로 하루를 시작할 때가 많다. 참 좋은 세상에, 좋은 음악들이 하루도 거르지 않고 매일 쏟아져나온다.

어렸을 적에는 좋은 음악을 들으면 이런 생각을 했다. 정말로 너무 완벽하게 좋은 곡을 들으면, 앞으로 이 세상에 나올 수많은 곡들 중에서 이 곡이 가장 좋은 마지막 곡이 아닐까 하는 생각. 앞으로 그 곡보다 좋은 곡은 나오지 않을 거라는 이상한 확신이 들었다. 그러나 그런 확신들은 매번 깨졌고 좋은 노래는 언제나 새로 나온다.

곡을 만드는 사람이 될 거라고 예상했다면 저런 무서운 생각들은 하지 않았을 텐데…… 어쨌든 다행이다. 여전히 세상에는 꾸준히 좋은 곡들이 나오고 언젠가는 나도 세상의 끝을 의심해볼 만큼 그런 음악가 중의 한 명이 되어보고 싶은 꿈을 꿀 수 있음에.
아직은 모두가 알 만한 음악을 하고 있다고 말할 수 없다. 그래서 그만큼 약간의 수고로움을 마다하지 않고 시간을 내어 어딘가에서 내 음악을 찾아서 들어주는 사람들이 너무 고맙고 소중하다. 그래서 나도 보이지 않는 그 어디쯤에서 조용히, 꿋꿋하게 음악을 이어나갈 수 있는 힘을 얻는다.

말의
힘

가사를 쓰면서 생긴 성격의 변화는 내면적으로 더 진지해졌다는 점이다. 일상에서도 한 번 더 생각해보는 버릇이 생겼다. 이런 습관 덕분에 창작을 할 때 온전히 집중할 수 있게 되었다. 그런데 창작을 하지 않을 때는 예전보다 쉽게 우울해져 뜬눈으로 푸른 새벽을 맞이하는데, 그럴 때면 다음날 후회할 만한 '감성글'을 쓰고 싶어지기도 한다. 이런 글은 나만 볼 수 있게 써도 좋지만 사실 남들이 봐줌으로써 존재할 수 있는 글이기도 하다. 혹자는 투정이라고 치부할지도 모르나 좋게 생각해보자면, 나는 이런 글이 개인의 차이는 있겠지만 특정한 시간이면 찾아오는 진심이며 누군가와 공유하고픈 마음을 담은 글이기에 안전하다고 생각한다.

지금도 이 생각에는 변함이 없지만 나는 이런 글이 쓰고 싶어
져도 참는다. 내가 전하고 싶은 말을 자유롭게 하면서 원하는
음악활동을 유지해나갈 수 있게 되었는데 그런 고마운 사람들
앞에서 한 번 이상 생각하지 않고 내뱉는 글은 글이 아니라 앓
는 소리라는 생각이 들었다. 믿기 힘들겠지만 SNS에 주로 올
리는 시시콜콜하고 시답잖은 글도 한 번 이상씩은 생각하고
올리는 것들이다.

글만큼이나 말의 힘도 위대하다. 한때 자꾸 끝도 없는 우울에
취해 나만의 슬픔에 빠지려 했었다. 그때 스스로 주변 사람들
에게 던졌던 나를 위한 선의의 거짓말이 있었다.
"나는 우울증에 걸릴 일은 없을 것 같아."
자기방어와 동시에 하나의 거짓말, 반어법일 뿐이었지만 신기
하게도 시간이 흘러서 보니 그 말에 조금은 가까운 사람이 되
어가고 있었다.

어느덧 가사를 쓴 지 수년이 흘렀고 발표한 곡도 꽤 많아졌으며 나만의 작업방식도 생겼고, 감정에 휘둘리지 않는 요령도 알아가고 있다. 그리고 무엇보다도 음악을 찾아서 들어주고 응원해주는 사람들이 참 많아졌다. 앞으로도 물론 다분히 노력해야겠지만 전하고 싶은 글과 말을 항상 잘 다듬어서 정성스럽게 하나의 결과물로 만들어내는 일을 꾸준히 이어나가고 싶다. 그런 노력들이 잘 담겨져 많은 사람들이 정성스럽게 일구어내는 삶의 일부분이 될 수 있다면 더 이상 바랄 게 있을까.

오렌지
주스

딱히 눈에 띄게 일을 하지 않아도 귀가하는 시간은 거의 밤 열 시를 넘길 때가 많다. 그 늦은 시간에도 망원동 한강문고 근처에는 하루 종일 팔고도 많이 남은 채소를 천 원이라도 더 팔고 돌아가고자 천천히 정리를 하시는 할머니가 계신다.

망원시장이 워낙 채소나 과일 등이 싸고 종류도 많아서 식재료는 거의 이곳에서 구매하는데, 귀가하는 길에 종종 만나는 할머니가 늘 마음에 쓰인다. 최근 이상하게 그 할머니에게 오렌지주스를 사 드리고 싶다는 생각이 들었다. 다른 음료도 아닌 시원한 100퍼센트 오렌지주스 말이다.

그런데 뜬금없이 오렌지주스를 사 드리는 게 이상할 것 같아 망설이고만 있었다. 왜 오렌지주스를 사 드리고 싶은지 이유도 잘 모르는 상태로 늦은 귀가만이 계속되던 어느 날, 처음으로 할머니께 감자를 사게 되었다. 오렌지주스가 의미나 이유를 가지고 있지 않듯이 딱히 감자가 필요해서 산 것도 아니었다. 그냥 많은 채소들 중에서 감자를 샀다.

바구니에서 제일 양도 많고 비싸 보이는 감자를 고르고 낸 돈은 2천 원. 시장과 거의 똑같은 가격에 덤으로 몇 개를 더 주셔서 앞으로 어떻게 이 많은 감자를 다 먹을 것인지 고민이 되기 시작했다. 더 필요한 채소가 없느냐고 물으시는 할머니에게, 감자로도 이미 충분히 무거워서 다음에 또 사러 오겠다고 했다. 무거운 감자를 바리바리 싸들고 집으로 걸어가는 길에도 이상하게 오렌지주스 생각이 계속 났다. 종종 여기서 채소를 사야겠다고 생각했다. '언젠가 자연스럽게 오렌지주스도 하나 사 드려야지.' 그 순간 감자가 너무 무거웠던 탓인지 봉지가 끊어졌다. 떨어진 감자를 주워 까만 봉지에 담았다. 손으로 봉지를 들 수가 없어 품에 안고 다시 고개를 드는데 눈앞에 편의점이 보였다. 곧장 들어가서는 제일 신선하고 맛있어 보이는 2

천 8백 원짜리 오렌지주스를 사서 다시 할머니께 갔다. 혹시 그 사이에 정리를 다 하시고 가신 건 아닐까 걱정됐지만 할머니는 아직도 천천히 채소를 정리하고 계셨다.

가는 길에 봉지가 끊어져서 새 봉지를 달라고 이야기하며 자연스럽게 오렌지주스를 드렸는데, 할머니는 봉지를 다시 받으러 오기 미안해 주스를 사 오신 줄 알고 자꾸 괜찮다고 하셨다. 나도 계속 괜찮다고 말씀드리며 할머니의 작은 손에 오렌지주스를 쥐어드리고 품에 안았던 감자를 다시 봉지에 담아 집으로 걸어가는데 복잡한 마음이 들었다.

물론 그동안 계속 사 드리고 싶었던 오렌지주스를 사 드려서 기분이 좋았지만 외할머니 생각이 동시에 났기 때문이다. 이런 마음으로 조금 더 살갑게 대할 수도 있을 텐데.

타인에게 이유 없는 친절을 베푸는 것은 그리 어렵지 않은 일인데 정말로 잘해야 되는 사람, 특히 가족에게는 말 한마디 예쁘게 하는 것도 왜 많은 용기를 내야 할까.

인터뷰
하신가영

Q   안녕이라는 말이 매 순간 누구를 만나는 순간에 건네는 인사이
기도 하지만, 추상적으로는 사람이 보는 시선에 따라서도 다 적용되는
말인 것 같아요.

가영   맞아요. 이 이름에 대한 이미지를 생각했을 때는 긍정적이고 밝
은 느낌이었는데, 어떤 사람은 작별을 떠올리더라고요. 만났다가 헤
어질 때 하는 안녕이요. 듣고 되게 깜짝 놀랐어요. 이렇게도 생각할 수
있구나 싶었고, 사람마다 다르게 받아들일 수 있을 것 같아요.

Q   '반대과정이론', '재미없는 창작의 결과', '언젠가 설명이 필요한
밤' 등 안녕하신가영의 가사의 메시지가 독특합니다.

가영 　가사가 메시지를 전하는 건 당연하다고 생각해요. 멜로디만 만들어서 그렇게 흘러가는 것보다는 의미 있잖아요. 곡 작업을 할 때 주로 하고 싶은 말이 생기면 그때부터 한 곡으로 풀어나가요. 가사에 중점을 많이 두는 편인데, 그러다 보니 제목도 긴 곡이 많더라구요.

Q　혼자 다니시는 걸 좋아하는 편이세요?

가영 　네. 혼자 어디 있고 싶어, 이건 아닌데 굳이 제가 연락을 해서 놀자, 이런 건 잘 안 하는 것 같아요. 그런 건 진짜 측근들 있죠. 그런 친구들이랑은 잘 노는데 사람들 모아서 놀러다니고 어디 갈래? 그런 걸 물어보기 전에는 제가 이미 어디론가 가고 없어요. 그래서 그렇게는 잘 안하고, 자연스럽게 만나면 또 만나지 약속을 잡는다거나 모여서 노는 걸 크게 좋아하지는 않아요.

Q　당신은 무엇을 보면서 좋아하는 마음이 드나요?

가영 　음, 어려운 질문이네요. 웃긴 얘긴데, 저는 음악을 생각하면 그래요. 아직까지 음악이 재밌고, 기대되는 것도 많거든요.

Q　가영 씨를 안녕하게 만드는 건 무엇인가요?

가영 결국은 저도 음악을 하는 사람인지라 결과물인 것 같아요. 누가 시켜서 앨범을 내는 건 아니잖아요. 저는 회사도 없기 때문에, 사실 데드라인 같은 것도 없어요. 언제 어떤 음악을 들려드리겠다는 게 실은 제 스스로의 약속이죠. 그렇지만 그 약속이 저로 하여금 계속 음악을 하게 만들어요. 앞으로도 비슷하지 않을까요?

내가 했던 인터뷰들을 읽을 때면 취준생들의 자소서를 보는 것 같다.

이게 나라고?

2 인공위성

．
．

bye bye
일정한 속도로 멀어져가는
같은 표정의 푸른 네가 보인다
bye bye
뜨겁고 빠르게 잊혀져가는
슬픈 표정의 나를 본 것 같다
bye bye
따스한 봄날에 사라져가는
뜨거운 여름 같은 우리가 있었다

두 개의
별

별은 스스로 빛을 낸다.

밤하늘에 두 개의 별이 떠 있던 날,

그 별들은 마치 서로를 위해서만 빛을 비추는 것 같았다.

그 다음 날,

밤하늘에는 오직 한 개의 별만이 유난히 반짝거리고 있었다.

\# 두 개의 별

밤이 오면 너를 만날 수 있지만

그만큼의 하루를 또 기다려야 해

지평선에 가까워질수록

우린 점점 멀어져 가는 것만 같아

그때의 우리는

서로를 보며, 서로를 위한 빛을 냈지만

또 다른 이유로 지금의 너는

이젠 스스로 빛을 내겠지

104
마을

서울특별시 노원구 중계본동 104

104

이곳에 살아본 적이 없다고 해서

삶이 늘 평평했던 것도 아니다

매일 이곳을 오르내리는 이들 또한

늘 오르막길 인생이 아니다

하루가 다르게 이곳은 잊혀져 가고

대부분의 집들은 갈 곳을 잃었다

그럼에도 내가 할 수 있는 것은

이곳을 기억하는 일뿐이다

동
경

달리기를 즐겨 하지는 않지만 달리기를 좋아하게 되었고, 재즈
를 즐겨 듣지는 않지만 예전보다 재즈를 좋아하게 되었다.

동경하는 사람이 있다는 건, 나도 누군가에게 그런 사람이 될
수 있다는 생각에 설레고 기분 좋은 일인 것 같다. 모두가 동경
하는 사람이기에 언젠가 다른 대상을 찾아 떠나는 이들의 뒷
모습 또한 받아들여야겠지만. 하루가 지나고 또 같은 하루가
반복되어도, 그래서 재밌는 일이라고 말해줄 사람이 있다.

나는 무라카미 하루키를 동경한다.

인공
위성

감성이 이성보다 앞섰을 때 존재하는 단어나 문장들이 있다. 나는 이런 말을 쉽게 내뱉지 않으려고 몇 가지의 다짐을 한다. 그러나 잘 지켜지지 않는다. 그럴 때 내가 자주 찾는 곳이 있다. 바로 집에서 멀지 않은 운동장이다.

누가 정해준 것도 아닌데 이 운동장에 온 사람들은 약속한 듯 한 방향으로만 걷거나 뛴다. 나도 처음 왔을 때 한 방향으로만 뱅뱅 돌며 비뚤어진 마음을 다잡으려 애를 썼다. 이런저런 생각을 하며 걷다 보니 사람도 보이고 밤하늘도 보인다.
이 드넓은 운동장은 적어도 나에게는 하루 끝에 꽤 자주 마주하는 밤하늘이 되었고, 설명할 수는 없지만 언젠가부터 하나의 인공위성처럼 느껴졌다. 이런 마음을 곡으로 만들기도 했다.

'인공위성'은 이제는 지켜줄 수 없는 사람을 위해 궤도를 돌며 멀리서 지켜주겠다는 마음을 노래한 곡이다. 그러나 현실에서는 나의 궤도를 돌며 지켜주는 소중한 사람들과 응원해주는 많은 사람들을 위한 노래가 되었으면 좋겠다.

음악을 만들어나가는 일은 늘 지극히 개인적이고도 미숙한 그림으로 시작하기 마련이지만, 많은 사람들로 인해 성숙한 그림으로 완성해나갈 수 있다.

인공위성

우릴 기억할 수 있도록

나는 이렇게 만들어졌지만

너와 함께 했던 추억을 보며

어두운 멈춘 시간 속을 맴돌고 있어

우리를 멀어지게 했던

수많은 중력들에

내가 널 놓지 않았다면

지금의 우린

멀리 있어도 너를 볼 수가 있어

표면을 느낄 수 있어

난 너를 느낄 수 있어

너라는 궤도를 돌며 너만을 지켜줄게

유난히 무성한 별을 바라볼 때면

널 느낄 수 있어

bye bye

일정한 속도로 멀어져가는

같은 표정의 푸른 네가 보인다

bye bye

뜨겁고 빠르게 잊혀져가는

슬픈 표정의 나를 본 것 같다

bye bye

따스한 봄날에 사라져가는

뜨거운 여름같은 우리가 있었다

좋은
사람

며칠 전에 어쩔 수 없이 의리를 지키지 못한 일이 있다. 모든
관계와의 의리를 다 지키고 싶지만 상처를 줄 수밖에 없는 피
치 못할 사정이 생기기도 한다. 그래서 어쩔 수 없이 나쁜 말을
해야 했다. 안 할 수 있으면 가장 좋겠지만 해야 하는 때가 찾
아왔고 결국은 나쁜 말을 했다. 집에 돌아오는 길 내내 기분이
복잡했다.

살면서 그때그때 가까웠던 사람들이 스쳐 지나간다. 인생이란
그런 사람들을 지나치기도 하며 불완전한 나를 완전에 가까워
지게 만드는 일련의 과정 같다. 어차피 완성 혹은 완전이란 없

을 테니.

언제나 모두에게 인정받는 좋은 사람이 되는 모습을 상상하기만 해도 가슴이 답답해지는 걸 보니, 역시 나는 그렇게까지 좋은 사람은 아닐 뿐더러 절대적으로 좋은 사람이 되고 싶지도 않은 것 같다. 이렇게까지 인정했으니 내가 오늘 했던 나쁜 말보다 더 나쁜 말들을 누가 빨리 해줬으면 좋겠다.

연남동
태훈 오빠

추석이다. 서울을 제2의 고향으로 삼은 사람들이 약속한 듯이 모두 어디론가 향하고 서울 거리는 비교적 한산해졌다. 나는 꼭 이럴 때만 서울에 잘 붙어 있다.

주로 낮에 놀고 밤에 일하는 패턴의 뮤지션이자 백수이자 불효녀는 남들이 모두 이동하는 명절에 나까지 함께하면 방해가 될까 싶어 노심초사한다. 그러고는 서울에 꾸역꾸역 남아 쓸쓸하다고 말을 하면서도 평소와 같이 비교적 가벼운 발걸음으로 산책도 즐긴다.

명절 오후라 굳게 닫힌 상점들을 지나 어슬렁거리며 연남동까지 걸어갔다. 살고 있는 집과 그리 멀지 않은 동네이지만 최근 들어 꽤 핫한 플레이스가 되면서 오히려 잘 안 가게 된 곳이기도 하다.

오랜만에 찾은 연남동은 다국적 동네가 되어 있었다. 한국, 중국, 일본, 대만을 4등분해서 구역을 나누어놓은 것 같았는데 한국 구역은 그렇게 커 보이지 않았다. 분명히 흥미로운 가게들도 많아지고 관심을 끌 만한 것들이 많이 생겨난 듯하지만, 대부분의 문이 굳게 닫힌 명절 오후에 발걸음한 내 마음의 문을 다시 열기란 쉽지 않았다.

'느낌 있어 보이고 싶어하는' 많은 가게들에서 최대한 떨어져 걷다가 주택가 골목으로 들어갔다. 걷다 보니 주로 낮에 놀고 밤에 일하거나 술을 마시는 패턴의 뮤지션이자 래퍼이자 경북 영주의 아들이자 효자인 태훈 오빠가 살았던 집 앞이었다. 태훈 오빠는 2층에 살았다. 예전 집 입구는 깔끔하게 페인트칠까지 되어 있었고, 1층에는 '느낌 있어 보이고 싶어하는' 가게가 들어서 있었다. 모든 게 참 낯설었다.

태훈 오빠는 수년간 이곳을 터전 삼아 음악을 했고, 고민도 했을 것이며, 사랑도 했을 것이다. 그러나 빠르게 변하는 것들 앞에서 변함없는 것들은 떠나야 하는가 보다. 변하지 않는 모든 것들을 챙겨 새로운 곳에 터전을 잡은 태훈 오빠의 새 집에도 가본 적이 있다. 지금 생각하니 연남동의 그 옛 집과 참 많이 닮았다. 비슷하게 생긴 건물의 똑같은 2층집.

태훈 오빠도 참 한결같네.

떠나야 하는 사람

여기만 아니면 될 것 같아

이쯤이면 떠나는 것이 습관일까

나는 겨우 한 명일 뿐인데

떠나야 하는 사람이 내게 너무 많아

네가 아니면 안 될 것 같아

이쯤에서 머무는 것도 습관일까

나는 네게 멈췄을 뿐인데 너는

떠나는 사람은 더 말이 없네

그렇게 난 또 어딘가의 모르는 곳을 원해

떠나야 하네

더이상 떠나고 싶은 곳이 없어졌을 때

비로소 너를 잊었다고 말할 수 있을까

그때의 참 좋았던 너를 만날 수 있어서

정말로 다행이었다고

말할 수 있을까

see you soon

초면에 벌써 다음에 또 만날 것을 기약하는 'see you soon'이
라는 친절한 카페는 와이파이 비밀번호를 물어보면 이렇게 대
답한다. "nice to meet you"

wi-fi   seeyousoon_Cafe

pw   nicetomeetyou

'see you soon' 할 정도의 커피 맛은 아니었지만 소비자란 이
렇게 사소한 것 하나에도 다시 이곳을 찾을 수 있는 존재인 것
같다.

이방
인

한때 친구와 고전을 읽자는 이야기를 하던 때가 있었다. 과거 완료형으로 말하는 이유는, 보통 이런 것들은 (나로 인해서) 유지하기 힘들다는 데에 있다.

우리는 각자 한 권씩 정해서 두 권을 읽기로 했는데, 그때 친구는 예전부터 고전을 읽는다면 평소에 꼭 읽어보고 싶었다던 알베르 카뮈의 《이방인》을 골랐고, 나는 친한 친구가 지금 더블린에 있다는 이유만으로 제임스 조이스의 《더블린 사람들》을 골랐다.

《이방인》은 우리에게 너무나 익숙한 소설이지만 어째서인지 이런 소설일수록 시간을 내어 읽기란 더 어렵다. 좋은 친구를 둔 덕분에 《이방인》을 읽게 된 나는 고전의 힘에 새삼 놀랐다. 《이방인》을 읽고 선입견 혹은 고정관념에 대해 다시 한 번 생각하게 되었는데, 이 선입견이라는 것이 정말 무섭다. 은연중에 내 관념에 뿌리를 내리고 어떤 생각을 하기 이전에 이미 활동을 시작한다. 지금 나는 술집에서 혼자 맥주를 마시면서 글을 끄적거리는 중인데 아마 주변인들에게 현재의 상황을 이야기한다면, 대부분 안 좋은 일이 있냐고 물어올 것이다. 그러나 나는 지금 굉장히 안정적이고 평온한 상태이다.

'편견'에 대한 가사를 쓴 적이 있다. 우리는 살아가면서 불필요한 선입견이나 고정관념으로 타인에 대한 편견을 가지기 일쑤다. 남들과는 조금 다른 모습의 누군가를 보았을 때 나와 다르다고 생각하는 것이 하나의 선입견이 되고, 그런 선입견을 지닌 채 그 사람을 지나치지만 뒤돌아서서 그 사람을 한 번 더 바라보는 것은 편견이 된다.

편견

지극히 평범한 내가

여느 날과 다를 것 없는

그저 그런 평범한 날에

똑같은 걸음을 걷다가

습관처럼 주위를 보며

별다를 것 없다 느끼며

그냥 가던 길마저 걷다가

우연히 널 보았을 때

남들과는 조금 다른 모습의 널 보면서

아무 생각 하지 않았지만

나도 모르게 뒤돌아서서 무심결에 너를 다시

한 번 더 바라보고 있어

내가 편견이 많아서

눈에 보이는 게 다여서

너는 그냥 그대로의 너인데

내가 나도 모르게 널 다시 보고 있어

포춘
쿠키

포털사이트에 '포춘쿠키'를 검색하면 포춘쿠키 그림이 뜬다. 쿠키를 살짝 클릭하면 바스락 소리를 내면서 운세를 확인할 수가 있다. 처음에는 바스락 소리에 매료되어 클릭을 하기 시작했는데(진동 모드에서도 소리가 난다), 이제는 생각이 날 때마다 심심풀이로 운세를 확인하려고 클릭을 할 때도 있다.

나에 대한 아무런 정보도 없이 내 운세를, 그것도 꽤 진지하게 점치는 포털사이트의 포춘쿠키는 눈으로만 볼 수 있고, 씹고 뜯고 맛보고 즐길 수는 없다는 핸디캡 때문인지 우리에게도 하나의 선택권을 제공한다. 클릭 한 번에 방금 점쳐졌던 내 운세를 새로고침 할 수 있다. 어차피 심심풀이로 생각하기 때문에 괜히 여러 번 클릭해보면서 입맛에 맞는 쿠키를 찾아서 먹는다. 보통은 이런 식이다.

포춘쿠키 (바스락) 기본에 충실해야 기둥이 세워집니다. 차근차근 벽돌을 쌓아보세요.

나 차근차근? 패스. ('다시하기'를 클릭한다)

포춘쿠키 기회는 사소하게 찾아옵니다. 미리 준비해두어야 그 기회를 잡을 수 있습니다.

나 배가 고프군. 패스.

포춘쿠키 침묵을 지키는 것이 옳을 때가 있습니다. 흔들리지 마세요.

나 오늘도 혼자 커피를 마셔야겠군.

포춘쿠키 가까운 사이일수록 예의를 지켜야 합니다. 상처받기 쉬우니까요.

나 방금 딴 병맥주에게 절이라도 해야 하나. 패스.

포춘쿠키   있는 그대로의 당신 모습이 아름답습니다. 지금의 나를 인

정하고 사랑해주세요.

나   오늘은 화장 안 하고 집에 있어야지.

두
아가씨

망원시장 안에 자주 가는 과일가게가 있다. 가격도 싸고 맛도 좋고, 일하시는 분들도 엄청 활기가 넘치는 그런 곳이다. 몇 년간 이 가게를 오가면서 알게 된 법칙이 하나 있다.

나는 주로 외출했다가 시장이 끝나는 시간에 과일 가게를 간다. 과일을 고르고 있으면 "예쁜 아가씨 또 오셨네~."라고 말씀해주시는 아저씨가 있다. 하루 종일 일하시면서 지칠 법도한데 일을 마치고 하루의 끝에 방문한 듯 보이는 한 아가씨에게(실상은 놀다가 들어올 때가 더 많은 아가씨다) 기분 좋은 인사를 걸어주시는 게 내심 좋았다.

하루는 늦잠을 자고 일어나 '사과를 먹어볼까'라는 생각만으로 옷을 주섬주섬 챙겨 입고 꼬깃꼬깃 돈을 챙겨 과일가게로 향했다. 이때까지만 해도 자주 말 걸어주시는 아저씨에 대해 아무런 생각이 없었다. 부은 눈으로 사과를 고르고 있는데 "아가씨 오셨네~."라며 자주 인사해주시던 아저씨가 말을 거셨다. 나도 "안녕하세요~."라고 인사를 했다. 그 순간 알게 되었다.

'노 메이크업일 땐 예쁜 아가씨라고 말씀 안 하시는구나.'

갑자기 조금 부끄러워져서 예상보다 많은 사과를 구매하고는 사과 같은 얼굴을 하고 집에 돌아왔다. 참 친절하고 솔직한 아저씨라는 생각을 하면서 사과를 한입 베어 무는데 컴퓨터 모니터에 어렴풋이 비치는 내 모습이 평소보다 좀 못생기긴 했더라.

그리고 며칠 뒤 촬영 때문에 풀 메이크업을 했다. 집에 돌아가는 길에 갑자기 과일가게가 생각났다. 사과가 집에 몇 개 남아있었지만 저녁에는 사과를 먹으면 안 좋다는 설도 있으니까 다른 과일을 좀 사볼까 하며 가게를 기웃거렸다. 아저씨가 반갑게 인사해주셨다.

"예쁜 아가씨 또 오셨네~."

도토루
커피

대학교 후배인 혜미를 만났다.

원래는 노래를 업으로 삼던 친구였는데 현재는 일본 무역회사에서 일을 하고 있다. 비자도 해결되어서 이제는 일본에서 살 거라는 이야기를 했다.

대학생 때 우리는 〈유재하 가요제〉에 참가했다. 그때만 해도 내가 노래를 부른다는 건 상상도 못했기 때문에 내가 쓴 곡에 혜미가 노래를 했다. 나는 여전히 그 곡이 마음에 들지만 우리는 1차 심사에서 떨어졌고, 혜미와 했던 음악 작업은 우리만 들을 수 있는 데모 음원으로만 남았다. 그래서 지금까지도 그 곡이 마음에 드는 건지도 모르겠다.

순둥이 같은 얼굴의 혜미는 외모와 다르게 성격은 똑 부러져서 늘 신기했는데, 여전했다.
지금은 어느 정도 자리를 잡아가는 중이지만 일본에 처음 왔을 때는 무척 힘들었다고 했다.
혜미는 요요기하치만 역 앞에 있는 도토루 커피 점에서 일을 했다고 한다. 그때 당시 일본에 머물렀던 내 숙소도 요요기하치만 역 앞에 있었다. 숙소에 며칠간 머물면서 역 앞에 도토루 커피가 있는 줄도 몰랐는데, 혜미를 만나고 돌아오는 길 요요기하치만 역 앞에서 거짓말처럼 도토루 커피를 보았다.

기억하니

그때부터 난 이미 시작했던 거야 넌 모르겠지만

장난처럼 네게 좋아한다 말을 했던 내 고백

어렸을 적 사랑은 추억이 된다는 오랜 얘기

시간이 흘러도 믿을 수 없는 얘기

기억하니 우연히 만났던

스무 살의 생일날

이 세상 제일 좋은 것보다

넌 소중한 선물인 거야

그렇게 다가온 설렘

이제 용기 내 고백할게

친구이기엔 너무 커버린 사랑 있으니

조금은 서툴지도 난 몰라

우리 둘만의 우정 아닌

새로운 너의 연인이 되어

늘 너의 곁에 있을게

기억하니 너 웃었던 그날

따스했던 겨울밤

이 세상 제일 좋은 것보다

널 좋아하기로 한 거야

어느새 널 향한 내 맘 이제

용기 내 고백할게

친구이기엔 너무 커버린 사랑 있으니

조금은 서툴지도 난 몰라

우리 둘만의 우정 아닌

새로운 너의 연인이 되어

늘 너의 곁에 있을게

맨
션

연립주택, 아파트, 맨션, 빌라 등 주거를 목적으로 하는 건축물만 해도 참 다양한 명칭들이 있다. 나는 건축물의 규모나 주거 형태와는 전혀 관계없이 '맨션'을 좋아하는데, 단순히 맨션이라는 이름에서 느껴지는 특유의 분위기가 마음에 드는 지극히도 개인적인 이유 때문이다.

맨션은 간편한 생활이 가능하고 문단속과 관리가 잘 되어 있으며, 도심에 가깝고 교통 등이 편리한 고급 아파트의 속칭으로 쓰이는데, 아마도 아파트가 지금처럼 보편화되기 전에 아파트를 대신해 많이 쓰였던 명칭인 듯하다. 지금은 아파트보다는 작고 빌라보다는 큰 규모의 조금 오래된 건물들을 가리켜 맨션이라 부른다. 자그마하지만 잘 손질되어 있는 정원과 '맨션'이라고 쓰인 오래되고 정겨운 글씨를 볼 때면 그곳에 살고 싶다는 생각이 든다.

맨션이라는 말이 우리나라보다 일상에서 더 많이 쓰이는 나라들이 있다. 일본에서는 콘크리트로 지어진 다세대가 사는 건물을 맨션이라고 하는데, 우리가 생각하는 아파트만큼 규모가 큰 건물이다. 한국에서 아파트라고 말하는 건물들은 일본에서 대부분 맨션이 되고, 맨션이나 빌라라고 말하는 건물들은 일본에서 아파트의 개념이라 불린다. 그래서 일본영화나 드라마를 볼 때면 '맨션'이라는 말이 꽤 자주 등장한다.

홍콩에서도 맨션이 일본과 비슷한 의미로 쓰이는데 홍콩의 침사추이에는 세계에서 가장 유명한 맨션이라고 해도 과언이 아닌 〈중경삼림〉의 '청킹맨션'이 있다. 나는 앨범이 나오기 직전에 도피성 여행을 자주 떠나는데 모든 작업이 끝나고 정규 1집 발매만을 앞두고 있는 시점에서 열흘 정도 홍콩에 머무른 적이 있다. 그리고 발매일 당일에도 홍콩에서 초조한 마음으로 앨범이 발매되는 걸 지켜봤다. 당시에 여기저기를 오가며 침사

추이에도 자주 갔는데 오며가며 청킹맨션을 자주 봤다. 1994년에 개봉된 〈중경삼림〉보다 훨씬 더 오랜 역사를 가지고 있을 청킹맨션은 낮에 보는 것이 오히려 밤보다 을씨년스럽게 느껴지는 낡은 곳이다. 하지만 〈중경삼림〉의 추억을 담아 마지막까지 지금의 '청킹맨션'으로 꼭 유지되었으면 좋겠다고 생각하는 곳이기도 하다.

내가 아는 우리나라의 맨션 중에는 기억에 남을 만한 곳이 아직은 없다. 살고 있는 동네 주변을 돌아다녀 보면 이제는 맨션이라는 말을 찾는 것이 어려운 일이 된 것 같아 아쉽다. 그러다 우연히 숙대입구 근처에 '청파맨션'이라는 카페가 있는 것을 알게 된 나는 한걸음에 이곳에 달려와서 이 글을 쓰고 있다. 어쩌다 보니 청킹맨션과 이름도 비슷하지만, 동네 이름도 너무 예쁜 청파동에 위치한 '청파맨션'이 조금 더 정겹게 느껴져서 그런지 이곳이 훨씬 더 마음에 든다. 그리고 무엇보다도 기억에 남을 만한 맨션을 찾게 된 것 같아서 기쁘다.

지금 듣고 있는 〈포트 오브 노츠Port of notes〉의 음악까지, 완벽하게 적절한 하루를 맨션에서 보내는 중이다.

나쓰메 소세키,
오시게

책은 다양하게 읽을수록 좋(을 것이)다.

주변에 소설만 주구장창 읽으면서 수필에 가까운 산문집을 쓰는 사람을 알고 있는데, 바로 나다. 음악은 꽤 다양하게 듣는 편인데 유독 책만은 편식을 많이 한다. 음악은 취미이기도 하지만 직업이기도 해서 편식하지 않으려고 노력하는 편이라면, 책을 읽는 일은 철저한 취미활동으로 간주해서인지 그냥 좋을 대로 놔두다 보니 언젠가부터 소설을 주로 읽게 되었다.

이런 큰 모순을 안고 산문집을 쓰면서 틈틈이 독서도 자주 하는 나는, 최근 들어 나쓰메 소세키의 전집을 읽기 시작했다. 《나는 고양이로소이다》를 재밌게 읽은 후 나쓰메 소세키에 관심을 가지기 시작했고, 그 후로 《도련님》, 《한눈팔기》, 《풀벌레》, 《행인》 등을 읽었다. 100년도 더 된 소설들인데도 불구하고 지금 시대에 읽어도 전혀 괴리감이 없었다.

가장 최근에 읽은 책은 《행인^{현암사, 2015년}》인데, 나쓰메 소세키의 후기 3부작 가운데 하나인 작품이다. 자전적인 소설에도 가깝지 않을까 하는 생각이 드는데, 극에 달한 인간의 불안과 고독을 광기가 아닌 감성적으로 세심하게 잘 풀어내서 공감이 많이 되었던 작품이다.

뜬금없는 이야기로 넘어가자면, 이 소설에는 주인공 '지로'의 여동생으로 '오시게'라는 인물이 등장한다. 꽤 뒤늦게 등장하는 오시게는 적지 않은 비중을 가지는 인물이다. 아무리 일본 소설이라지만 등장인물 이름이 '오시게'여서 그런지 유치한 생각이 자꾸만 들려고 해서 책을 읽는 내내 혼이 났다. 솔직하고 뒤끝 없는 '오시게'의 성격이 꽤 맘에 들어 나에게도 그 성격이 좀 '오시게' 하는 와중, 소설에서는 마침 이런 부분이 나오고 있었다.

나는 잠시 후 오시게에게 "오시게, 잠깐 네 방 좀 보자. 예쁘게 해놨다고 뽐냈으니까 한번 봐주지." 하고 말했다. 그녀는 "그럼요, 뽐낼 만하게 해놨으니까 가서 보세요" 하고 대답했다. 하숙을 할 때까지 내가 거처했던, 집 안에서 가장 익숙한 예전의 내 방을 보기 위해 나는 일어섰다. 예상한 대로 오시게가 뒤따라왔다.

행인

스마트폰을 사용하고 있지만 주로 기본 어플을 사용하는 편이다. 심지어 내가 콜라보로 참여한 '순간의 순간'이라는 메모 어플이 출시되었음에도 불구하고 나는 스마트폰에 기본적으로 깔린 메모 어플을 사용한다.

그러다 최근 하루 동안의 걸음 수를 측정하는 'stepz'라는 어플을 우연히 알게 되었다. 평소에 많이 걷는 편이기도 하고 조금 더 건강하고 똑똑한 현대인의 삶을 살자는 취지에서 이 어플을 깔았는데, 그동안 흥미를 느끼지 못하고 지워버렸던 게임 어플들보다 나에게 훨씬 흥미로운 어플이었다.

'stepz'는 밤 열두 시를 기준으로 업데이트가 되는데 이 어플을 통해서 그동안 가지고 있던 의문점을 하나 해결할 수 있었다. 길을 걸어다니다 보면 유난히 아는 사람들을 많이 만나고, 또 그렇게 만나는 사람들이 평소에 이상하게 길에서 나를 제일 많이 마주친다는 이야기들을 했었다. 'stepz'의 기록에 의하면 나는 하루에 평균 2만 보 정도 걷는데, 여기저기 하도 많이 걸어다니기 때문에 확률적으로 많은 사람들과 마주치는 것이었다.

그나저나 우연히 마주치고 싶은 사람이 있어서 많이 걷는 사람도 있을까? 왠지 멋있는데.

I have a dream

한때 그래픽노블에 빠졌었다. 그래픽노블은 소설의 형태를 띤 만화라고 할 수 있는데 굉장히 매력적이다.

우연히 연남동에 위치한 서점 '피노키오'에서 마틴 루서 킹의 그래픽노블 평전인 《I Have a Dream》이라는 책을 구매했다(알고 보니 이 책의 옮긴이 '피노'가 이 서점의 주인이어서 신기했다).

이 책은 인도 벵골 지역의 파투아 예술가 마누와 아프리카계 미국인 구전가 아서 플라워스, 디자인 구글리엘모 로시의 콜라보로 이루어졌다.

마누로 인해 이 책에 등장하는 미국인들은 인도풍의 사리와 도티를 입고, 벵골어로 된 피켓을 들고 있다. 그래서 일반적이지 않은 느낌의 이 평전에 운명처럼 끌렸던 것 같다.

마틴 루서 킹은 흑인해방운동가로 우리에게도 잘 알려져 있다. 그의 숙명은 1955년 몽고메리 버스승차거부운동에서 시작되었다. 당시에는 버스를 탈 때 흑인은 뒷좌석에만 앉아야 했고, 백인 전용 좌석에는 앉지 못했다. 심지어 백인이 뒷좌석에라도 앉고 싶다고 하면 흑인은 당연하게 자리를 내줘야 했다. 몽고메리의 흑인들은 버스 승차 거부라는 전례 없는 방식으로 버스회사에 항의하는 데 동참하기 시작했다. 1년이 넘도록 걸어다니고, 차에 합승하고, 급하면 달리고, 그렇게 모든 종류의 억압에 저항했다.

마틴 루서 킹의 연설은 끊임없이 흑인들을 열광시켰다. "여러분이 허리를 굽히지 않는 한 어느 누구도 여러분의 등에 올라탈 수 없습니다. 우리는 멈추지 않을 것입니다. 이 나라에서 완전한 자유를 쟁취하고 미국의 영혼을 구원하기 전까지는." 나는 이 연설에서 굉장함을 느꼈다. 왜냐하면 '미국의 영혼을 구원하기 전까지는'이라는 대목에서 이런 불가피한 투쟁이 흑인만을 위한 싸움이 아니라, 모든 인류를 구원하기 위한 일임을 느꼈기 때문이다.

흑인의 완전한 독립과 자유로운 권리를 이끌어낸 건 비폭력에서 기인했다고 생각한다. 물론 마틴 루서 킹의 업적과 무관하게 사생활적인 약점이 문제되기도 했지만, 절대로 이 점 때문에 업적이 평가 절하되어서는 안 된다. 그리고 여전히 어디에선가 있을 불평등이 존재하지 않도록 우리는 마틴 루서 킹을 꼭 기억해야 한다.

부당
거래

그런 친구가 있었다. 정확히는 그런 남자 친구가 있었다.

나와 공통점이라고는 찾아볼 수 없는 사람이었다. 어딘가 맞는 구석이라도 찾으려고 했었는지 우리는 그래도 꽤 오랜 시간 만났다. 서로 다른 우리지만 마음속 깊숙한 곳에서는 아마도 같은 생각을 했던 것 같다.

'나는 융통성이 있고, 너는 융통성이 없어.'

그런데 지금 와서 생각해보면 융통성이 없었던 건 내 쪽에 가까웠다.

한번은, 남자 친구가 평소에 사고 싶었던 물건이 있었는데 오랜 시간 구하지 못하다가 중고 사이트에 올라온 걸 발견했다.

그때 우리는 홍대 근처 카페에 같이 있었다. 일산에 사는 판매자는 바로 거래가 가능하다며 중간쯤에서 만나자는 제안을 해왔다. 그러고는 우리의 위치를 물어왔다. 평소에도 이런저런 관심사가 많아서 나보다 훨씬 거래에 익숙했던 남자친구는 문자로 친절하게 현재 강남에 있다고 했다.

> 나　　　홍대인데 왜 강남이라고 보내?
>
> 그　　　그러면 홍대에서 거래할 수 있잖아.

갑자기 화가 났다. 거짓말을 극도로 싫어하는 나는, 자신이 필요한 물건을 운 좋게 살 수 있게 됐으면서도 하나의 꼼수를 부리는 그의 모습이 괜히 좀 미워 보였다.

일산에 같이 가야 하는 번거로움을 준 것도 아닌데 일방적으로 화가 난 나를 보면서 남자친구는 정말 이해 못할 표정을 지었다. 그는 원하던 물건을, 그것도 홍대에서 구매하게 되어 기쁜 마음이 더 커 보였다.

맛있는 저녁을 사준다는 제안을 뿌리치고 '오늘도 이렇게 안 맞는 구석을 하나 발견했구나' 하며 집으로 돌아가는데 갑자기 의문이 들었다.

'판매자도 왠지 홍대에 있었던 것 같은데?'

맛있는 저녁은 먹고 헤어질 걸.

스매
치기

면허를 딸 시간은 많았지만 차의 필요성을 크게 못 느꼈던 터라 운전면허시험 책만 사놓고 차일피일 미뤄왔다. 이 다음 문장으로는 자연스럽게 면허를 따는 이야기로 넘어가도 좋겠지만, 지금까지의 나는 아무래도 뚜벅이의 삶에 꽤 만족하는 것 같다. 대부분의 중요한 일들은 집을 반경으로 멀지 않은 곳들에서 이뤄지기에 걸어다닐 수 있고, 서울의 대중교통 또한 워낙 잘 되어 있기 때문에 큰 불편함이 없다.

이사 오기 전의 집은 지하철역까지 도보로 15분 정도 걸렸다. 그래서 보통은 버스를 이용하거나 걸어다녔는데 현재 살고 있는 집은 지하철역에서 훨씬 가까운 곳에 있어서 지하철을 이용하는 빈도수가 급격히 늘었다. 지하철역 안에 있는 편의점에 들러 생수 한 병을 사서 손에 들고 이어폰으로 음악을 들으며 원하는 곳으로 이동할 때면 매우 가뿐한 기분이 든다.

지하철에 들어서는 순간 보여지는 풍경은, 예상 가능하겠지만 나를 포함한 대부분의 사람들이 스마트폰을 손에 들고 있다. 학생 때만 하더라도 상상할 수 없었던 풍경인데 지금은 참 많은 것이 변했다. 이런저런 생각을 하며 주위를 둘러보다가 궁금증이 생겼다.

예전에는 지하철역에서 지갑을 소매치기 하는 범죄 기사를 뉴스나 신문에서 심심찮게 볼 수 있었다. 그런데 시간이 흐르면서 점점 보기 어려운 기사가 되었다. 물론 소매치기가 눈에 띄게 줄어 아쉽다는 이야기는 아니지만 세상이 더 흉흉해져서 지하철역의 소매치기는 더이상 우리의 이목을 끌지 못하는 것일 수도 있다.

그리고 궁금한 것 한 가지 더. 생계형 범죄의 소매치기범은 사람들의 지갑을 훔쳐서는 먹고살기 힘들어졌을 수도 있다. 우리는 언젠가부터 현금을 거의 들고 다니지 않는다. 소액도 카드로 결제하며 심지어는 웬만한 결제가 스마트폰으로 다 가능해졌다. 그렇다면 소매치기범은 당연히 지갑을 훔쳐도 남는 것이 없다. 가장 비싸고 많이 남는 건 역시 스마트폰인 것 같은데, 소매치기범이 스마트폰을 훔치기에는 꽤 힘들 것 같다. 모두가 스마트폰을 주시하고, 손에 들고 있고, 그야말로 철통보안이 따로 없다. 만약에 성공하는 사람들이 늘어나서 이 범죄가 유행한다면 신종어가 만들어질 수도 있겠다. 바로 '스매치기!'

어쨌든 이것에 대한 통계가 있는지는 모르겠지만 현대사회에 존재하는 모든 범죄들 중 지하철 안의 소매치기는 유일하게 줄어든 범죄가 아닐까.

소화가 잘 되는
우유

오늘은 소나기가 자주, 많이 찾아왔다.

원래 가려던 카페에 가지 못하고, 역 바로 앞에 있는 카페로 왔다. 커피는 맛있지만 항상 사람이 많아서 잘 안 가게 되는 곳이었다. 한 자리가 비어 급하게 자리를 잡고 장대비에 시달린 마음을 달래고자 따뜻한 카페라테를 주문했다.

이곳은 카페라테를 주문할 때 소화가 잘 되는 우유, 저지방 우유, 일반 우유 중에 고를 수가 있다. 집에서는 저지방 우유를 즐겨 먹는데 밖에서는 뭔가 부끄럽게 느껴져서 고민을 하다가 소화가 잘 되는 우유를 선택했다. 다이어트 콜라도 좋아하지만 햄버거를 주문할 때는 점원이 물어보지 않는 이상 그냥 일반 콜라를 마시는 이유와 비슷하다. 무튼 그런 이유로 카페라테를 주문하고 자리로 돌아와 보니 가방과 옷이 조금 젖어 있었다. 이어폰도 조금 젖어서 테이블 위에 올려놓고 마르길 기다렸다. 진동벨이 울려 카페라테를 가지고 돌아오는데 옆 테이블의 커플이 심상치 않아 보였다. 아마 귀에 이어폰을 꽂았다면 모르고 지나쳤을 것 같은데 남자의 목소리는 조금 화가 나 있었고 여자는 울고 있었다.

그렇게 내 왼쪽의 테이블은 오늘 내린 소나기처럼이나 짧고 강하게 헤어지는 중이었다. 나도 모르게 왼쪽 귀가 오른쪽보다 조금 커지며 쫑긋 했지만 음료를 만드는 소리들에 묻혀 잘 들리지는 않았다. 두 사람을 제외한 카페는 전반적으로 참 평화롭고 일상적이어서 비현실적이게 다가왔다. 남자는 계속 팔짱을 끼고 연신 많은 이야기들을 쏟아내는 듯했고, 여자는 눈물을 뚝뚝 흘리며 고개를 푹 숙이고 있는 장면을 보니 목이 탔다. 남들보다 뜨거운 걸 잘 마시는 편이라 갓 나온 카페라테를 평소보다 빠르게 마시다 보니 체할 것 같았다. 그런데 나는 오늘 기가 막히게 소화가 잘 되는 우유로 만든 카페라테를 선택했다.

마침 비도 그쳤고 괜히 나만 괜찮은 것 같다는 생각이 들어서 두 사람보다 먼저 자리에서 일어났다.

민트
라디오

민트라디오를 진행한 지도 벌써 1년이 다 되어간다.

처음 제안을 받았을 때 고민해보겠다고 답변을 드렸는데, 사실 별로 고민하지 않았다. 라디오를 많이 안 해본 탓도 있지만 나갈 때마다 묘하게 긴장이 많이 되는 영역의 활동으로 느껴져서 당연히 잘할 수 없을 것 같았다.

'암, 사람은 살던 대로 살아야지' 하고 생각하던 와중에 다시 연락이 왔다. 답변을 해주어야 하는 타이밍이 한참 지났던 것이다. 고민은 그날부터 시작되었다.

'언제까지 이렇게 살 것인가'를 주제로 '오늘도 맛있는 맥주를 마시자'라는 숨은 대주제를 안고 친구 시우와도 회의를 많이 했다. 그 어느 때보다도 건설적인 이야기들이 많이 오가던 2016년 1월, 연 초의 분위기에 이끌려 파이팅이 잠시 넘쳤던 나는 그렇게 덜컥 라디오를 하게 되었다.

그동안의 시간을 되돌아보면, 2주에 한 번씩 비교적 긴 호흡으로 이어나가는 민트라디오를 하면서 정말 얻은 것이 많다.

새롭게 알게 된 사실은 라디오에 게스트로 나가는 것보다 진행을 하는 편이 훨씬 더 적성에 맞는다는 사실을 발견한 것이다. 그렇다고 말을 조리 있게 잘하는 것도 아니지만 책임감이 부담감보다 우위에 있는 탓인지 꽤 즐겁게 하고 있다.

가끔 공연이 끝나고 싸인을 해드릴 때, 슥 다가와서 작은 목소리로 "민트라디오 잘 듣고 있어요."라고 말하는 분들이 있다. 정말 거의 대부분이 주변을 한 번 살피고 이런 이야기들을 건네시는데, 나도 다 이해한다.

라디오를 시작한 지 얼마 되지 않았을 때는 "그거 저 아닌데요?"라든가 "6개월 뒤에 들어주세요(그만둘 거니까)." 같은 허무맹랑한 소리만 늘어놓았는데 최근에는 "사연 많이 보내주세요."라고 하는 걸 보니 많이 편해지긴 했나 보다.

가장 많이 배운 건 그동안 내가 의식하지 못했던 편견들이 많이 깨졌다는 것이다. 내용의 좋고 나쁨과는 관계없이 어떤 사실을 직접 알기 전에 멋대로 예상하고 믿어버렸던 게 문제였다는 것을 알게 되었다.

라디오를 진행하면서 한 달에 한 번은 게스트를 만난다. 원래 친분이 있던 뮤지션들도 있지만, 대개는 알고는 있지만 처음 이야기해보는 분들이다. 라디오 녹음을 하기 전에 게스트가 만든 음악들을 다 들어보려고 한다. 검색을 하면 너무나 쉽게 정보를 얻을 수 있지만 각자가 만든 음악들로 정보는 이미 충분하다.

그렇게 미리 게스트와 만나는 시간들을 어느 정도 가진 후에 실제로 만나 이야기해보면 내가 생각했던 이미지와 다를 때가 많다. 어떤 이미지를 미리 그려보려고 한 건 아니었지만 아무래도 만나기 전까지는 잘 모르기 때문에 나도 모르게 그 사람에 대해서 상상해버린다. 이런 과정들을 여러 번 거치고 보니 어떤 사람에 대해서 멋대로 상상해버리는 게 섣부른 행동이라는 생각도 들었다. 그런 생각이 들고부터는 함부로 상상하는 것을 멈출 수 있었다.

또, 한 달에 한 번은 단독으로 진행을 하는 시간도 가진다. 나는 이게 가장 적성에 맞다. 한 동네씩 매번 정해서 그 동네에 대한 이야기도 나누고 고민상담도 자유롭게 나누는 시간이다. 혼자서 북 치고 장구 치고 해야 하는 시간이다 보니 나도 모르게 내 이야기들이 튀어나올 때가 많다. 그리고 은연중에 내 가치관이 무방비 상태로 등장하기 때문에 '이래서 사람은 평소에 좋은 생각도 많이 하고 좋은 기준을 지니고 있어야 해'라는 생각을 많이 한다. 물론 잘 실천하지는 못하지만.

좋은
선배

뮤지션들의 뮤지션, '이한철' 오빠와 함께 콜라보 음원을 작업
하면서 배운 점이 많다. 특히 이번을 계기로 한철 오빠의 화법
을 존경하고 사랑하게 되었는데, 그동안 본 적 없던 '좋은 선배'
의 정석을 본 것 같다고나 할까.

우리는 만나서 함께하게 될 곡의 방향성만 잡고 각자의 일정
들을 끝내고 본격적인 작업을 시작하기로 했다. 한철 오빠는
어제는 중국, 오늘은 일본에 있을 정도로 늘 바쁘다. 나 또한
한창 바쁠 때여서 콜라보는 까맣게 잊고 지냈는데 어느 날 문
자가 왔다.

"그동안 정신이 없어서 먼저 연락 못했네. 잘 지내고 있지?"

한철 오빠는 늘 먼저 이렇게 따뜻하게 연락을 주신다. 보통은 선후배를 떠나서 하고자 하는 말을 먼저 그냥 해버리는 경우도 많은데 누구에게든 동등하게, 그리고 진심으로 대해주시는 걸 보면서 많은 생각이 들었다.

그나저나 이건 비밀인데, 마음속에서는 좋은 선배가 되어야겠다고 생각하면서도, 그냥 후배로 남는 게 가장 좋은 것 같다. 일단 좋은 후배가 먼저 되어야겠다.

8
-1

공연을 할 때 오며 가며 얼굴만 알고 지내다가 사석에서 친해진 동생이 있다.

굉장히 발랄한 모습도 있지만 어딘가 모르게 진지한 감성이 있는 친구라고 생각했었는데 아니나 다를까 내 예상이 맞는 듯했다. 이야기가 꽤 잘 통해서 정말 별의별 이야기들이 오가며 네 시간이나 넘게 수다를 떨었다.

공연 때 아무래도 사진이 많이 찍히다 보니 적당한 다이어트가 필요하다는 이야기를 하다 보니 몸무게에 대한 주제가 새롭게 등장했다. 상대방의 몸무게를 꽤 잘 맞추는 편인 나는 그

친구의 몸무게를 덜컥 맞춰버렸다. 사람들은 보통 4~5킬로그램 정도 적게 본다는데 정확히 맞춘 것이었다.

그 다음은 자연스럽게 내 차례인가. 최근에 잔병치레로 조금 살이 빠진 탓에 "누나는 말라서 44킬로그램 정도 나갈 것 같은데요."라는 말을 들었다. 세상물정 잘 모르는 마음에 드는 친구다. 자라면서 한 번 지나쳤던 몸무게 같은데 그렇게 보인다니 갑자기 기분이 좋아져서 나도 모르게 웃으면서 진짜 몸무게를 말해버렸다. 내 푼수 같음이 빛을 발하는 짧은 순간이었다.

잠깐 머쓱했지만 여튼 즐겁게 놀았는지 집에 와서는 이내 까먹고 쿨쿨 곯아떨어졌다.

다음 날 일어나서 오랜만에 몸무게를 쟀는데 어제 말한 몸무게보다 1킬로그램이 빠져 있었다.

> "잘 잤니? 어제 이야기한 몸무게 말인데, 내가 1킬로그램 더 많게 이
> 야기한 것 같아서… 그럼 좋은 하루 보내."

연락할까?

꿀
팁

라디오에서 경차를 광고하는 목소리가 시끄럽게 흘러나왔다.

"차를 가장 싸게 사는 방법을 알려드립니다! 그것은 바로! 바로!"

기대하지 않으면서도 이렇게 뜸을 들이면 괜히 귀를 쫑긋하게
된다.

"그것은 바로! 이번 달 특별 이벤트 10퍼센트에 추가 혜택을 함께 받
으실 수 있습니다!"

저번 달에도 비슷한 광고를 접한 것 같은 이상한 기분이 든다.

어쨌든 차를 무료로 준다고 해도 면허가 없는 나에게는 해당되지 않고 아직은 차를 별로 갖고 싶은 생각도 없다. 하지만 나는 차를 진짜로 싸게 사는 꿀팁을 알고 있다.
그것은 바로! 바로!

차를 사지 않는 것이다.

일어
나

카페에 들어왔는데 김광석의 노래가 흘러나왔다. 반가운 마음
에 이어폰을 꽂지 않고 이런저런 작업을 하는데 우연히 들려
온 뒷 테이블의 대화가 묘했다.

남자 두 명이 통성명을 하며 자기소개를 했다. 그리고 서로의
첫인상에 대한 이야기까지 나누었다. 마치 소개팅 장면 같아서
나도 모르게 귀를 쫑긋 기울였다.
두 사람의 화기애애한 분위기 속에 끊이지 않던 대화를 여섯
글자로 요약하면, "도를 아십니까?"

낚인 쪽은 안양에서 직장생활을 하는 31세 남자였다. 그동안 속 깊은 대화를 나눌 사람이 많이 없었다는 이야기를 하며 꽤 진솔한 주제들을 꺼냈다. 혹시나 커피를 다 마시고 어디론가 이 사람을 데려가려고 하는 낌새가 보이면 용기 있게 한마디 해줘야겠다고 생각하며, 쓰고 있던 글을 멈추고 그들의 대화에 집중했다. 낚은 쪽이 화장실에 한 번이라도 가지 않는다면 용기 있게 한마디 하는 일은 못할 확률이 크지만.

대화의 주제는 '업보'로 넘어갔다. 남자는 어렸을 적 이야기와 중고등학생 시절의 이야기를 시작했다. 남자가 서른한 살이니까 직장인이 된 이야기까지 오려면 대화가 아직 많이 남은 것 같아서 일단 먼저 화장실에 다녀왔다. 다시 자리에 앉으니 아니나 다를까 대학 시절의 이야기가 진행되고 있었다. 그는 공대를 다녔을 때의 이야기를 하면서 갑자기 그때 배웠던 특수상대성이론에 대한 이야기를 시작했다.

전세가 역전되는 순간이었다. 왜냐하면 특수상대성이론에 대해서만 적어도 30분 정도는 이야기했으니까. 들으면서도 잘 이해를 못했으므로 자세한 설명은 생략한다. 그나저나 그는 어쩌면 처음부터 상대방의 정체를 알고 있었을지도 모르겠다.

앞으로 살아가면서 한 가지 이론에 대해 30분은 끊임없이 이야기할 수 있는 사람이 되는 것도 나쁘지 않겠다는 교훈을 얻은 나는, 안심하며 이어폰을 다시 귀에 꽂았다. 카페에서는 계속 김광석 노래가 흘러나오지만 아무래도 따로 찾아서 듣는 게 좋을 것 같다. 첫 곡으로는 김광석의 '일어나'가 적당할 것 같다. 그리고 검색도 한번 해보았다.

특수상대성이론 빛이 일정한 속도를 가지고 직선 운동을 하는 경우, 시간과 거리의 수치가 줄기도 하고 늘어나기도 한다는 현상을 증명한 이론.

땅끝
마을

진도에서 해남으로 넘어왔다.

해남 땅끝마을은 관광지로 유명하지만 막상 도착해서 보니 전혀 관광지스럽지 않은 작은 섬 같았다. 이곳이 첫눈에 마음에 들어 이틀을 내리 묵었다.

첫날은 늦게 도착해서 쉬고 다음 날 일어나 동네를 산책했다. 그런데 갑자기 할머니 한 분이 나를 보며 막 오라고 하셨다. 처음에는 다른 사람에게 말을 거시는 줄 알고 지나쳤는데 점점 소리가 커져서 보니 나를 부르는 소리였다. 가까이 가니 동네 어르신들이 모여서 고기를 굽고 계셨다. 할머니는 들어와서 먹고 가라고 하셨다.

얼떨결에 그 자리에 합류했다. 고기, 굴, 꼬막, 각종 조개들이 막 구워지고 있었다. 점심을 아직 안 먹어서 출출했는데 처음의 어색함도 잊고 나는 와구와구 먹기 시작했다. 마침 오전에 김장을 하셨다고 새빨간 김치도 내놓으셨는데 정말 맛있었다.

파티가 무르익을 때쯤 갑자기 고양이 한 마리도 등장했다. 어르신들은 술을 거나하게 드셔서 흥이 막 올라왔고 자주 보는 고양이인지 별로 신경을 안 쓰셨다. 나는 해남에서 처음 만나는 고양이라 귀여워서 계속 쳐다봤는데 나를 경계하는 눈빛이었다. 외지인이라 그런가보다 하는데, 갑자기 경계하는 눈빛이 분주하게 주변의 동태를 살피더니 아직 구워지지 않은 삼겹살 한 줄을 입에 물고는 어둠 속으로 빠르게 사라졌다. 고양이가 삼겹살을 물고 달아나는 장면은 살면서 또 처음 봤다.

동네의 평화를 위해 고양이 일은 어르신들께는 비밀로 했다. 고양이들이 가끔 고마움을 표시할 때 죽은 쥐 같은 걸 물고 와서 놓고 가기도 한다던데 나의 비밀 유지에 고마움을 느껴 혹시나 파티의 현장에 이상한 걸 놓고 가지는 않으려나. 그런데 아무래도 그런 걱정은 안 해도 될 것 같은 당당한 눈빛이었다. 고양이한테는 늘 배울 점이 많다.

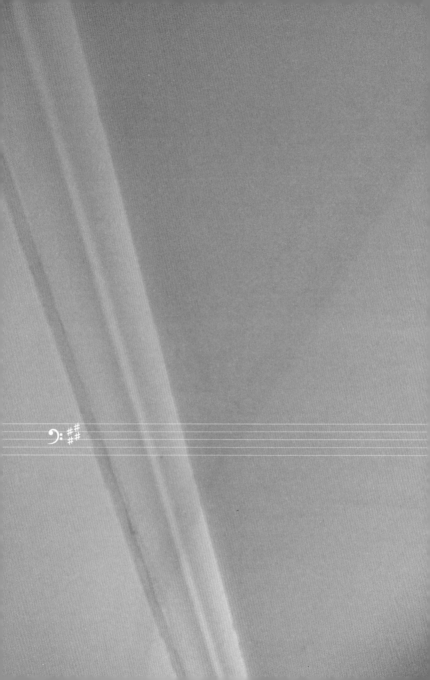

3 우울한 날들에 최선을 다해줘

나를 잘 알 것 같단 말은 하지 말아줘
그럴수록 난 더 알 수 없게끔 돼버리니까
그런 말들에 괜찮은 듯 웃어넘기는 모습 뒤에는
슬퍼하는 날 만나지 않게

청춘의 끝은
어디쯤일까

'청춘'이라는 키워드가 언젠가부터 중요해졌다.

청춘의 사전적 의미는 이렇다.

> 청춘 : 새싹이 파랗게 돋아나는 봄철이라는 뜻으로, 10대 후반에서
> 20대에 걸치는 인생의 젊은 나이 또는 그런 시절을 이르는 말.

당황했다.

가장 공식적이고, 보편적이고, 정확한 기준의 표본인 사전이지만 청춘의 나이 범위가 구체적으로 표기되어 있다니. 청춘의 사전적 의미를 알게 된 순간 범위를 알 수 없던 내 청춘이 시

들어가는 듯한 기분이 들었다.

새싹이 파랗게 돋아날 때쯤이면 누구에게나 청춘은 조금씩 다르게 시작된다는 말인데, 그렇다면 청춘의 끝은 어디쯤일까.

'죽기 직전까지'라고 가정한다면 그 답안이 왠지 너무 일방적이고, 긍정적이고, 쉽고, 멋이 없고, 성의 없게 느껴진다.

조금 더 그럴싸한 주관식 답안을 작성해보고 싶었지만 오랫동안 이 질문에 대한 답을 내릴 수 없었다. 그 사이 '청춘'이라는 단어는 어디서든 찾아볼 수 있는 단어가 되었다.

그래서 그냥 앞으로는 '청춘'이라는 말을 쓰지 않기로 했다.

카페를
조명

연예인이 직업인 언니를 합정역 근처에서 만나기로 했다. 이 동네는 언니보다 내가 좀 더 많이 알겠다 싶어 평소 자주 가던 곳들 중에 괜찮을 만한 곳을 고민하던 찰나, 언니가 가고 싶은 카페가 있다고 했다. 마침 우리집에서도 멀지 않고 평소에 나도 자주 가던 곳이어서 좋아했는데, 문득 그곳을 고른 이유가 궁금해졌다. 자주 가는 카페를 선정하는 데 있어 꽤 까다로운 나에게, 다른 사람은 어떤 이유로 이런 선택을 하는지 궁금해진 것이다. 나와 같은 카페를 선택했다면 더더욱.

언니에게 선택된 그 카페에는 단 한 가지 이유가 있었다.

실내가 여느 카페보다 훨씬 어둡다는 것.

나는 그 카페에 갈 때마다 조금 어둡다고 생각했지만 어두워서 찾는 곳은 아니었다.

직업 특성상 얼굴이 많이 알려지고 어딜 가나 알아보는 사람이 많은 데서 오는 불편함은 어떨까.

방송, 라디오, 공연 등 대중과 만나는 일은 너무 특별하고 감사한 일이지만 언젠가 내 얼굴이 많이 알려져서 카페를 선정할 때 조명을 가장 먼저 고려해야 한다면 나는 이 직업을 그만둘 수도 있을 만큼 불행할 것 같다.

내 의지와 무관하게 그런 날이 온다면 나도 언니와 같은 이유로 이곳을 다시 찾게 될까.

상
처

무라카미 하루키의 《색채가 없는 다자키 쓰쿠루와 그가 순례를 떠난 해》를 읽다가 이런 문구를 본 적이 있다.

"아무리 평온하고 가지런해 보이는 인생에도 어딘가 반드시 커다란 파탄의 시절은 있다."

나도 그렇다. 커다란 파탄의 시절이 있었다. 타인에게는 분명 평온하고 가지런한 인생처럼 보이겠지만 사실은 그렇지 않다. 내가 흔들리지 않기 위해서는 언제나 마인드컨트롤이 필요했다. 상처들은 시간이 지나면 괜찮아지지만 더욱 분명해진다는 사실도 잘 알고 있다.

쉽게 꺼내기 힘든 상처들을 친하지도 않은 사람과 커피 한 잔 마시면서 꺼낼 수 있는 사람이 있는가 하면, 친한 사람과 거나하게 마시는 술자리에서도 쉽게 꺼내지 못하는 사람이 있다.

누구든 각자 자신만의 상처가 있을 것이다. 내 경험에 의하면 조용히 간직하는 것도 나쁘지 않다. 그렇게 하면 더 이상 상처의 날개가 커지지는 않는다. 하지만 이미 받은 상처에서 새로운 날개가 돋아 글 또는 말이 되어 날기 시작하면, 그것들은 다시 나에게로 날아와 또 다른 형태로 나를 괴롭히기도 한다.

상처 없는 인생도 좋겠지만, 깊은 상처를 소중히 간직하는 인생도 멋질 것 같다.

이른 회고담

어제들이 모여 이룬 나의 모습이

어쩌면 사실은 내가 원했던 모습

원하는 것이 뭔지 알 수 있다면

그것을 이루는 방법 또한 알 수 있겠지

내가 원하지 않는 일은 꼭 일어났지만

누구도 알지 못했지

말하고 싶은 순간이 올 때쯤이면

그것을 견디는 방법 또한 알게 되겠지

멈춰 있다고 생각했을 때도

나는 늘 어디론가 걷고 있었는데

지나고 보면 항상

꽃도, 나무도 함께였지

거절에
익숙하지 않은

거절에 익숙하지 않은 친구가 있다.

친구는 원하지 않는 소개팅 제안을 차마 거절하지 못해 나가기로 했는데, 우연히 소개팅 상대의 사진을 먼저 보게 되었다. 원하지는 않았지만 나 또한 얼떨결에 그 사진을 함께 보았다. 친구의 이상형과 너무 달랐다. '이상형'이라는 단어는 평소에는 사실 큰 효력이 없다가도 이런 상황에서는 가장 큰 영향력을 끼친다.

나는 살면서 소개팅을 한 번도 해본 적이 없고 그래서 한 번쯤 해보고 싶기도 하지만, 평생 하지 않을 수 있다면 그것도 나름

대로 의미 있다고 생각한다. 어색한 사람과 별다를 것 없는 취미에 대해 이야기 나누는 것쯤은 이제 그 누구와도 할 수 있으니까.

어쨌든 친구의 그런 상황을 놓고 희망의 말을 건네야 할지, 위로의 말을 건네야 할지 알 수 없었다. 그리고 여전히 잘 알지 못한다.

"성격이 좋을 거야." 정도의 한마디를 건넸던 것 같다. 지금 생각하니 저 말은 누구에게 적용하더라도 나쁜 말이 된다는 것을 그때는 몰랐다.

궁금하지 않은 상대에게 궁금해해야 하는 것들을 한 시간 정도 물어보는 시간을 가진 후에 친구는 돌아왔다. 무슨 일이든 마음을 비우고 하는 일들은 결과가 나쁘지 않은 법인지, 남자는 친구를 마음에 들어했다. 친구와 조금 더 대화를 이어나가기 위해 남자에게서 연락이 왔다. 보통 이런 걸 '애프터'라고 말할 것이다.

마침 친구와 함께 있었던 나는 전혀 기뻐하지 않는 친구의 수심이 가득해진 얼굴을 봤다. 관심이 없는 사람에게는 조금의 여지도 주지 않는, 꽤 철벽인 우리는 이 문자를 놓고 한참 동안 큰 고민에 빠졌다. 이런 특수한 상황을 앞에 두고 전혀 해결방법을 모르는 나와 친구는 인터넷의 힘을 빌리기로 했다. 요즘은 검색만 하면 모든 걸 다 알 수 있는 시대니까.

소개팅 거절하는 방법

재밌는 답변들이 많았다. 상대방을 기분 나쁘게 할 수도 있는 것들이 대부분이었는데, 그래서 또 재미가 있었다. 친구와 한참 웃다가 가장 괜찮아 보이는 답변을 골랐다.

"좋으신 분 같은데 인연이 아닌 것 같아요. 만나서 반가웠습니다."

이 말을 마지막으로 친구의 소개팅도 깔끔하게 마무리가 되었다. 당시 친구에게는 말하지 못했지만, 사실 수많은 답변을 본 후 알았다. 상대방이 기분 나쁘지 않게 거절하는 방법은 없다.

작업실
론

1. 집과 작업실은 분리하는 것이 좋다.

2. 하지만 두 곳의 거리는 가까울수록 좋다.

3. 집이든 작업실이든 지상일수록 좋다.

4. 밤을 새워 작업을 하는 것은 좋으나 잠은 집에서 자도록
   한다.

5. 밤을 새워 작업을 했으면 좋겠다.

6. 매일 마시는 커피값을 아껴 커피머신을 구비한다.

7. 커피머신을 세 번 정도 사용하면 다시 카페로 출근한다.

8. 지금 쓰고 있는 글을 마무리하고 집으로의 퇴근이 아닌
   작업실로 출근을 한다.

9. 지금 쓰고 있는 글을 마무리하지 않는다.

10. 오늘 작업을 하지 않으면 안 되는 이유를 생각해보자.

11. 생각이 잘 나지 않는다.

12. 이래서 '데드라인'이라는 것이 생겨났는가 보다.

13. 누가 만든 말인지 몰라도 참 잘 만들었다.

14. 죽음이다, 정말.

15. 우리 모두 내일부터는 작업을 열심히 하자.

16. 진짜 작업도 좋고 잠정적 사랑의 확률이 있는 작업도 좋고.

사그라다 파밀리아 성당

건축가 가우디를 빼고는 말할 수 없는 스페인의 바르셀로나를 여행했을 때, 가우디가 죽기 직전까지 40여 년간 열정을 기울였지만 미완성으로 남은 사그라다 파밀리아 성당에 갔었다. 가우디의 카사 밀라, 구엘 공원 등 다른 건축과는 정말 다른 스타일이었는데 성당을 찾은 여행객 모두가 굉장히 압도당하는 듯했다. 오로지 후원금으로만 건축 자금을 충당하여 공사하는 사그라다 파밀리아 성당은 내가 찾은 그날도 분주하게 공사가 진행 중이었다.

가우디 사후 100주년이 되는 2026년에 완공될 예정이라고 들었는데, 갑자기 의문이 들었다. 이런 식의 속도라면 2026년이 아니라 올해 완성이 될 것만 같았다. 혹은 이미 완성되었거나. 이런저런 쓸데없는 생각을 하며 한 인부를 지켜보았는데, 손으로 옮기기 쉬운 자재들을 여기서 저기로 옮겼다가, 또 저기서 여기로 옮겨오기도 했다가, 조그만 망치로 벽을 두드리기도 했다가, 무언가 산만하면서 중요하지 않은 일만 하는 것 같아 보였다. 이 장면이 관광의 일부처럼 느껴지기도 했지만, 미완성 자체로도 너무 멋진 성당을 보며 미완성이기 때문에 조금 더 의미가 부여되는 것 같다는 생각도 동시에 들었다.

끝나지 않았으면 하는 영화나 음악이 있다. 결국은 끝을 향해 가지만, 예술은 끝나기 직전 혹은 끝나지 않았을 때 가장 아름답기도 하다.

음모
론

"길거리 돌아다니면 알아보는 사람들 많지 않아요?"라고 물어
보는 사람들이 있다. 잘 없는 일이라 고개를 절레절레 흔들면
다시 어떤 전제를 두고 한 번 더 물어보기도 한다.

"홍대에서 돌아다니면 알아보는 사람들 많지 않아요?"

한 번 더 답변을 하자면 간혹 있는 일이긴 하지만 크게 신경
쓰지 않아도 될 만큼 드물기도 하다. 동시에 내가 지금 하고 있
는 음악의 형태에 만족하는 큰 이유 중의 하나이기도 하고.

그러나 예외적으로 1년에 두세 번 정도 많은 사람들이 나를 알
아보는 특정한 곳이 있다. 바로 음악 페스티벌이 열리는 곳이
그렇다. 그런데 이게 또 재미있는 게 내가 즐기러 가는 페스티

벌에서는 알아보는 사람이 거의 없고, 뮤지션으로 참여하는 페스티벌에서는 유독 알아보는 분들이 많다. 평소에 한량처럼 여기저기를 배회하는 나로서는 갑자기 이런 상황이 생기면 꽤 당황스럽다.

'평소에는 잘 보이지 않다가 갑자기 어디서 이렇게 많은 분들이 나타난 거지?'

수년간 페스티벌에 참여하면서 조금은 익숙해졌지만 문득 그런 생각도 들었다.

나를 포함한 뮤지션들의 사기를 북돋워주기 위해, 문화관광부 또는 내가 잘 알지 못하는 어떤 큰 단체에서 벌이는 사기극이 아닐까 하는. 사기를 북돋워주기 위한 사기극이라, 써놓고 보니 왠지 좀 그럴싸하다.

뮤
즈

어떤 이는 사진을 찍고, 어떤 이는 그림을 그리고, 또 다른 어떤 이는 글을 쓰고, 나를 포함한 또 다른 어떤 이들은 음악을 한다.

범위를 좀 더 넓혀 보면 인간은 조금씩 다른 형태로 무언가를 끊임없이 만들어가며 살아간다. 꼭 예술의 형태가 아니더라도 인생을 살아간다는 것 자체가 하나의 창작이며 결과물이다. 그래서 온전히 내가 아니라 타인을 위해 살아간다고 느낄 때 우울감과 회의감을 느끼기도 한다.

다시 범위를 좁혀 음악가로서의 인생을 놓고 봤을 때 무엇이 나를 살아가게 하고 영감을 주는지 생각해봤다. 뮤즈는 때에 따라 공존하기도, 변화하기도 하는데 나의 1차 뮤즈는 '나를 슬프게 하는 사람 또는 상황'이다. 그리고 2차 뮤즈는 '데드라인'인데, 대개 이런 과정을 거치면 결과물이 나온다. 마지막으로 3차 뮤즈는 그런 결과물들을 '들어주는 사람'이다.

이렇게 각자의 인생이 무르익어 가는 과정에서 생기는 창작의 고통 이면에는, 의식하며 살아가지는 않지만 저마다의 뮤즈가 존재한다. 그리고 우리는 대부분 잘 모르지만 조금은 서로의 영감을 위해서 살아가고 있는지도 모르겠다.

반대과정이론
소설편

'반대과정이론'에 대한 곡을 발표한 적이 있다.

사람은 무의식중에 항상 자신의 감정이 중립에 위치하길 원하고, 실제로 어떤 감정을 느낄 때 서로 대립되는 두 쌍의 정서가 동시에 공존하면서 '반대과정이론'이 존재한다. 예를 들면 '기쁨'을 느꼈을 때 반대로 마음속 깊은 곳에서는 '슬픔'이 형성되면서 끝과 끝에 있는 감정 두 가지를 동시에 느끼는 것이다.

사랑도 이러한 반대과정이론과 닮아 있다는 생각에서 '반대과정이론'이라는 곡은 만들어졌다. 끝이 존재하는 사랑은 결국 이별과 동시에 존재하며, 대부분의 사랑의 감정들이 중간이 없는 끝과 끝의 감정들로만 존재한다. 그리고 내가 사랑했던 사람은 대개는 나를 사랑하지 않았고, 나를 사랑하는 사람을 나는 사랑할 수 없었던 것처럼.

최근에 나는 또 한 번 반대과정이론을 적용할 수 있었다.
에드거 앨런 포의 단편집을 읽을 때는 꼭 다른 종류의 단편을 번갈아가면서 읽어야 한다는 중요한 사실을, 에드거 앨런 포의 단편을 세 편 연속으로 읽고 난 후에야 알 수 있었다.

반대과정이론

어제는 내가 이유 없이 기분이 좋던 날

근데 오늘은 아무런 이유 없이 기분이 나쁜 날

사랑을 할 땐 이유 없이 주고 싶었지만

근데 오늘은 아무런 이유 없이 받고만 싶은 날

혼자지만 혼자가 아니라고 느꼈던 순간과

혼자가 아니지만 혼자라고 느꼈던 순간에서

내가 너를 사랑하지 않을 수도 있었다면

이쩌면 너도 니를 시랑했을 텐데

나를 외롭게 하는 사람과 내가 외롭게 했던 사람

나를 슬프게 하는 사람과 내가 슬프게 했던 사람

나를 웃게 만드는 사람과 내가 웃게 만들었던 사람

너를 사랑했던 사람과 나를 사랑했던 사람

불
안

없어서는 안 되는 것들은 처음부터 없다.

그래서 우리에게 무언가 있을 때, 어쩐지 불안하다.

오프너

비밀, 또는 속에 담아둔 이야기를 하게 만드는 힘을 가진 사람들이 있다. 알고 지낸 시간에 비례해 자연스럽게 그런 이야기를 하게 될 때도 있지만, 나를 당황하게 만드는 건 그렇지 않은 사람에게 홀린 듯이 내 이야기를 털어놓을 때다. 굳이 정의하자면 나는 주로 들어주는 타입에 속하고 그런 편이 훨씬 더 편하다. 그런데 예외적으로 화자의 중심에 내가 있고 필요 이상의 말을 많이 한 날은 괜히 좀 우울해질 때도 있다.

최근에 편곡에 대한 고민이 너무 많아서 늪에 빠진 적이 있다. 창작은 나에게 늘 즐거운 일이자 놀이이지만, 하나의 결과물로

내기 위해서는 많은 고민이 필요하다. 뚜렷한 답이 없기 때문에 매력적인 직업이라고 생각하지만, 원래 무슨 일이든 장점은 큰 단점으로 다가오기도 하는 법이다.

카페에서 이런저런 음악을 들으며 생각이 꼬리에 꼬리를 무는 찰나, 최근에 조금 안면을 트게 된 분을 우연히 만났다. 그 분은 15분만 대화를 해도 좋으냐고 하셨다. 왠지 앞으로 자주 보게 될 것 같기도 했고, 그래서 그런지 마주 앉았는데 별로 어색하지가 않았다. 내가 마음을 여는 만큼 상대방도 나에게 오픈을 하는 건지, 이런저런 이야기들을 하다 보니 나도 모르게 요즘 내 고민들을 자연스럽게 늘어놓았다.

정말 정직하게 우리는 15분 정도 대화를 나눴는데, 다양한 대화를 나누었고 깊이 있는 이야기들도 많이 오갔다. 사람과 사람이 친해지(기로 하)는 시간과 내가 상대방에게 마음을 여는 시간은 15분이면 꽤 충분한 것 같기도 하다.

나는 상대방의 마음을 얼마만큼 열 수 있는 사람일까? 맥주를 따면서 진지하게 생각해보자.

야간
비행

저녁 8시 35분에 출발하는 제주도행 비행기를 탔다. 이렇게 갑
작스럽게 여행을 결정하는 일은 잘 없는데(2016년 5월 24일 밤
11시 33분 나의 기준), 오후 다섯 시쯤만 해도 집에서 작업하던
사람이 갑자기 조촐하게 짐을 챙겨서 황급히 나오는 모습이라
니, 흡사 도망자와도 같았다.

그동안 수많은 비행을 했지만 오랜만에 충동적으로 떠나는 길
이라 그런지, 기내에서 '비행'이라는 두 글자를 마주하는데 기
분이 묘했다. 공중으로 날아다니는 것이 우리가 흔히 말하는
'비행'인데, 오늘은 그릇된 행위를 하는 '비행'에 가까운 기분
이 들었다. 해야 할 일들을 남겨둔 채 떠났기 때문일까.

자정 이후 비행편이 없는 제주도의 특성상, 저녁 8시 35분의 비행을 상대적으로 '야간비행'이라고 부를 수도 있을 것이다. 뜻밖의 제주도 야간비행은 그 자체만으로도 참 낭만적이구나.

야간비행
다음 날

제주도 야간비행 다음 날, 체크아웃 시간을 30분 정도 남겨놓고 잠에서 깨어났다.

버스를 타러 가는 길에 날씨가 너무 좋아 길을 조금 돌아서 가고 싶어졌다. 행선지를 빙 둘러서 걸어가는데 분명히 처음 와보는 곳인데도 내가 알고 있는 풍경이 나와서 의아했다. 그러다 어렴풋이 보이는 '타발로 자전거'라는 간판을 보는 순간 알수 있었다. 예전에 와봤던 곳임을.

지금보다는 제주도가 친숙하지 않았던 스물한 살의 겨울에, 나는 3박 4일 동안 자전거 하이킹 일주를 했다. 제주도를 잘 알지도 못했지만 자전거도 잘 못 타면서 무슨 생각으로 자전거 하이킹을 했는지 지금도 정말 모르겠다.

'타발로 자전거' 간판에 조금씩 가까워질수록 겨울에 우박까지 맞아가면서 고생만 했던 기억들이 선명하게 되살아났다(우박을 맞을 땐 실제로 조금 울었다). 그때는 돈이 별로 없어서 제 날짜에 자전거 반납을 꼭 해야 했다. 나는 반납 날짜를 지키기 위해 미친듯이 자전거만 탔다. 나중에는 급기야 해안도로를 일주하면서도 바다는 거의 쳐다보지도 않았다. 그때는 다시는 제주도 근처에 오고 싶지도 않을 만큼 고생을 했지만, 9년도 더 된 일이라 그런지 지금은 아름다웠던 일로 기억된다. 그래도 앞으로 내 인생에 자전거 하이킹이란 없을 것 같다.

제 날짜에 무사히 자전거를 반납하고 미련 없이 뒤도 안 돌아보고 공항으로 향했다. 그 뒤로도 제주도에 종종 왔지만 9년 만에, 그것도 우연히 '타발로 자전거'를 마주하니 기쁜 마음을 감출 수가 없었다. 빠른 걸음으로 가게에 다가가니, 이제는 영업을 하지 않는 빈 가게만이 남아 있었다.

요즘은 제주도를 찾는 사람들이 예전보다 많아졌고, 제주도를 즐기는 방법 또한 너무나 다양해져서 더 이상 자전거를 빌려주는 일을 해서는 한 가정이 먹고 살기 힘들어졌을 수도 있다. 사라진 가게를 보며 잊고 지냈던 내 기억들은 이따금 되살아났지만, 일방적으로 안부를 물어오는 그 가게 앞에서 나만 추억을 한 번 더 선물받은 것 같아 고맙고 미안한 마음이 들었다.

월요
병

월요일만 되면 이상하게 문화생활이 더 하고 싶어진다.

월요일은 사람들이 주말에 각자의 여가를 즐기고 다시 일상으로 돌아오는 한 주의 시작이다. 그런데 대부분의 공연장, 미술관 등 문화생활을 즐길 수 있는 많은 곳들은 주말까지 활짝 열려 있다가 월요일에 쉰다.

특히 미술관은 주말에는 사람이 많이 붐벼서 되도록 평일에 찾는 편인데, 벌써 3주째 미술관에 가고 싶다는 생각이 드는 월요일을 보내고 있다. 물론 그런 간절한 마음으로 다음 날인 화요일에 눈을 뜨자마자 부리나케 미술관을 찾아도 좋지만, 화요일이 되면 언제 그랬냐는 듯이 미술관 생각이 잘 나지 않는다. 그렇게 어영부영 또 일주일이 지나가고, 직업 특성상 주말이 되면 오히려 바쁘기 때문에 열심히 활동을 하고 맞이하는 월요일은 나에게 주말과도 같다.

나의 예는 월요병에 낄 수도 없는 수준이겠지만, 많은 사람들은 월요일이 되기 전의 일요일 밤부터 월요병에 시달리곤 한다. 조금 한산하다 할지라도 주말의 기운을 이어받아 월요일까지 문화생활을 즐길 수 있는 여건이 마련되고, 공연장과 미술관 등은 약속한 듯이 화요일에 하루 쉬는 건 어떨까.

그리고 많은 사람들이 괴로워하는 월요병에 대한 치료 방안도 곰곰이 생각해봤는데 직장인들에게 화요일은 의무적으로 반차를 써야 하는 제도가 생기면 좋겠다. 월요병의 고충을 늦잠 또는 맛있는 브런치로 해결하고 힘내서 또 한 주를 열심히 일할 수 있게.

아, 물론 월요일에 미술관을 가기 위한 하나의 꼼수는 아니다.

변
명

꾸준히 무언가 해봐야겠다고 생각하는 것 중에 하나가 바로 블로그 운영이다.

블로그가 있었다는 사실도 잊은 채 지내다가 '오랜만에 오늘은 조금 기록해볼까' 하는 마음이 드는 새벽에 들어가보면, 꼭 정기점검 중이다.

천
직

어느 분야든 그 일이 그 사람에게 천직이라고 느껴지는 사람들이 있다.

음악과 관련된 직업들은 시간에 있어 변수가 많은 직업에 속한다. 주말과 휴가철 반납은 기본이다. 뮤지션들의 공연은 보통 주말에 많고, 남들 다 쉬는 휴가철이 공연 성수기다. 뮤지션들에게 보릿고개라 불리우는 겨울에는 공식적으로 회사에서 주는 휴가도 없다. 그럼에도 불구하고 특히 현장에서 만나는 관계자 분들을 보면 살아 있다는 느낌을 많이 받는다.

작년에 일정이 맞아서 일본의 썸머소닉페스티벌을 다녀왔는데 어찌된 일인지 뮤지션들보다도 한국에서 일하며 만났던 음악 관계자 분들을 많이 만나서 놀랐던 기억이 있다. 아마도 여기저기 공중에 흩어져 있던 휴가들을 모아 음악 페스티벌을 위해 시간을 내셨을 것이다. 나라면 해오던 일과 전혀 관계없는 종류의 여행을 떠날 것 같은데 생각보다 많은 관계자 분들이 휴가도 페스티벌에 맞춰 가는 것을 보면서 천직이라는 생각이 들었다.

음악을 만들어내는 일은 혼자서도 물론 할 수 있는 활동이지만(추천하지는 않는다), 내가 만든 음악으로 어떤 활동을 하고자 할 때에는 혼자서 할 수 있는 일이란 정말 아무것도 없다. 우리의 음악을 위해 뒤에서 힘써 주시는 스탭 분들께 항상 감사한 마음을 전한다.

기다리지 않아도 되는
연락

1. 조만간 밥 먹자.

2. 홍대 쪽 가면 연락할게.

3. 공연 언제 해? 놀러갈게.

1번을 입버릇처럼 말하는 사람이 나머지 말도 할 확률이 높다. 그것도 순서대로. 행여나 3번까지 도달한 사람이 공연에 올 수 있게 되어 기쁜 마음으로 초대를 하면, 이때는 꽤 높은 확률로 공연 당일에 피치 못할 사정이 생기고 만다.

안부 인사의 마침표와도 같은 이런 연락들이 일방적일 수도 있지만, 어쨌든 관계를 지속하는 데 필요한 말들이기도 하다.

질량보존의
여행법칙

백팩 가방 브랜드 팀벅2의 화보 촬영이 있었다. 백팩을 메고 사진을 찍다 보니 배낭여행을 떠나고 싶어졌다. 대부분의 여행에는 캐리어를 들고 떠났는데 갑자기 새 백팩이 생겨서 그런지 짐을 최대한 줄이고 가볍게 떠나는 여행이 하고 싶어졌다. 그렇게 열흘가량 치앙마이 여행이 급작스럽게 결정되었고 예정대로 꽤 가벼운 짐들로 꾸리기 시작했다.

현명한 여행자가 된 것 같아 괜히 으쓱해졌고 여행에서의 짐은 말 그대로 나를 괴롭히는 짐일 뿐이라는 생각을 하니 몸도 마음도 가벼워졌다. 그리고 어디를 가든 사람 사는 곳은 다 똑같기 때문에 챙기지 못한 것들은 현지에서 사기로 했다.

치앙마이에 도착하고 보니 린스 빼고는 새로 필요한 것이 없었다. 며칠 동안은 그냥 샴푸로도 충분한 것 같아서 린스 없이 지냈는데, 점점 빛의 속도로 쑥대머리가 되어가는 것 같아서 결국 편의점에서 구매했다. 여행 5일째에는 입었던 옷들을 모아 숙소 근처의 세탁소에 맡겼다. 비록 그 다음 날 입어야 할 옷까지 다 맡겨버리는 바람에 잠옷을 입고 외출복인 것처럼 연기해야 했지만, 모든 게 그럭저럭 완벽했다.

배낭여행의 매력을 만끽하다 보니 한국으로 돌아가야 하는 날이 성큼 다가왔다. 여행을 다니면서 좋다는 생각은 많이 해도 살고 싶다는 생각은 잘 하지 않았는데, 치앙마이의 님만해민은 정말 마음에 쏙 드는 곳이었다.

다가오는 작별이 아쉬워 숙소 근처를 하염없이 배회하다가 우연히 서점을 발견했다. 그리 큰 곳은 아니었고 당연히 태국어로 쓰인 책들이 대부분이라 책의 내용은 알 수 없었지만 진열되어 있는 책들의 센스가 대단했다. 정신을 차리고 보니 그 조그만 서점에서 두 시간을 넘게 보냈다. 그리고 또 한 번 정신을 차리고 보니 내 왼손에는 신용카드와 영수증이, 오른손에는 책네 권이 있었다.

질량보존의 여행법칙은 이렇게 적용되나 보다. 가볍게 떠나왔지만 아쉬움의 무게만큼 또 채워야 원래의 곳으로 돌아갈 수 있는 힘이 생긴다. 일정 성분비의 법칙으로 보자면 10을 기준으로 책이 3, 나머지 짐들이 7쯤 되는 것 같지만 그래도 이 뿌듯함은 무게도 어쩌지 못하리.

거북이
부동산

한창 이사 준비를 할 때 집 앞 부동산을 찾았다. 집 앞을 2년 내도록 지나다녔지만 부동산을 본 적이 없었는데 부동산을 찾아야 하는 날이 오자 거짓말처럼 몇 군데나 눈에 띄기 시작했다. 고민 끝에 가장 많이 다니는 동선에서 가장 가까운 부동산을 선택했다. '거북이 부동산'이라는 곳이었다.

거북이 부동산의 첫인상은 좀 묘하게 재밌었다. 아저씨 한 분과 아주머니 한 분이 계셨는데 마침 전화가 걸려와서 아저씨가 받으셨다.

"안녕하세요, 거북이입니다."

흔히 상호를 줄여서 전화를 받긴 하겠지만 그래도 '거북이'라니 조금 웃겼다. 부동산이 하는 일들은 빠르게 처리되어야 하는 일들이 많을 텐데, 그 중에서도 하필 거북이라니.

커피를 타주셔서 따뜻하게 한 잔 먹고 내가 원하는 조건의 집에 대해서 이야기를 나눴다. 역세권에서 가까울 필요는 없다고 말씀드리니 그러면 꽤 멀리 있는 곳의 매물까지 함께 돌아보자고 하셨다. 아주머니와 함께 부동산을 나섰다. 지도상으로도 꽤 떨어져 있는 곳부터 가보기로 했다. 그날은 한가한 날이어서 차례대로 모두 둘러보기로 했고 거북이 부동산은 차가 없어서 멀지만 걸어서 가야 한다고 했다.

살짝 추워진 날씨에 몸이 자꾸만 움츠러들어서 마음의 문도 쉽게 열리지 않은 탓일까. 돌아본 곳들은 안타깝게도 다 마음에 들지가 않았다. 그 후로도 몇 번 방문했지만 성과는 없었다. 부동산들끼리는 매물을 서로 공유할 텐데 이곳은 그런 교류도 활발하지 않은 것 같았다. 아저씨, 아주머니가 너무 좋으셨지만 결국은 마음에 드는 집이 없어 계약을 못 했다.

그 후로 멀지 않은 곳으로 이사를 한 터라 가끔 지나다니면서 거북이 부동산을 한 번씩 들여다보는데 여전히 손님이 많은 것 같지는 않다. 그런데 항상 온화한 표정을 짓고 계시는 두 분을 보면, 지금 하는 일에 만족하면서 오래도록 지켜나갈 분들이 또 이런 분들이 아닐까 하는 생각이 든다.

걸음에서
거름

그래도 조금은 함께 걸음을 걸어나갔다고 생각했는데, 결국은
인생에서 하게 되는 경험들 중 하나로 귀결되고 나니 거기서
오는 허무함은 도통 나를 어쩌지 못했다. 지속적으로 놀라는
가슴을 쓸어내리려 찬물을 벌컥벌컥 마셔야 했고, 아직 벌어
지지 않은 상황들에 대한 추측과 상상만으로도 충분히 괴로운
나날들을 보내야 했다.

비옥한 토양 위로 눈부신 빛과 냄새나는 것들을 한데 모아 정
성껏 번갈아주었다고 해서 그것이 꼭 열매를 맺는 것도 아니
다. 무르익는 시간과 세월이 확신을 주지도 않듯 자꾸만 눈에

맺히는 열매들을 모으고 모아 두 뺨을 타고 흐르지 않게 고개를 숙여 떨구는 일만이 나를 위로할 뿐이다.

자가
진단

두 번째 EP앨범의 3번 트랙, '숨비소리' 가사 중에 이런 구절
이 있다.

어제는 여름이었을 텐데

매일매일은 겨울이어라

가사적 허용 또는 허구 또는 뻥에 해당하는 이 구절은 이 노래
에서 계절과 관계없이 항상 추운 마음을 표현했다. 뜨거운 여
름에도 마음은 시릴 수 있는 것처럼.

이 곡을 발표하고 나서부터 이상하게 부쩍 계절의 경계가 허물어진 것처럼 느껴질 때가 많다. 우리나라는 4계절이 뚜렷이 나뉘지만 언젠가부터 각 계절들은 사이좋게 1년을 나누어 가지지 않은 지 오래되었다.

그리고 어제는 여름이었다. 어제의 나는 긴 하루를 보내고 여름밤의 끝에 잠이 들었던 것 같다. 그런데 자고 일어나니 정말 거짓말처럼 초겨울이 되어 있었다. 꽤 쌀쌀해서 당황스러웠다. 요즘은 작업량이 많아서 바쁘게 보냈는데 긴장이 풀린 탓인지 갑자기 추위가 찾아온 탓인지 몸이 으슬으슬하고 감기 기운이 좀 느껴졌다.

컨디션이 안 좋은 날들은 더러 있지만 그래도 남들에 비하면 비교적 건강한 편이어서 병치레를 잘 하지 않는 편이다. 그래도 모든 병들 중에서도 특히 감기에 절대로 걸리면 안 되는 직업군에 속하므로 몸이 적신호를 보내올 때면 무조건 몸을 사려야 한다.

계절의 빠른 변화로 인한 심리적인 불안인지, 무리한 스케줄로 인한 몸의 적신호인지는 아직 알 수 없어서 따뜻한 차를 끓여 천천히 마시면서 자가진단을 해보았다.

'낮에는 집에서 충분히 쉬고 저녁에는 친구와 약속이 있으니까 외출할 때는 옷을 두툼하게 입고 나가서 따뜻한 정종을 마셔야겠다.'

나는 이번에도 아프지 않겠구나.

숨비소리

어김없이 해가 떠오르면

오늘도 물질이 시작된다

어제는 여름이었을 텐데

매일매일은 겨울이어라

섬을 떠난 많은 소식들을

불턱에 둘러앉아

짐작한다. 짐작한다. 걱정한다

이렇게 잠깐 몸을 누일 때면

이곳은 아무 일이 없단다. 없단다

걱정하지 말아라

호오이- 호오이-

어떤 울부짖음 같기도

호오이- 호오이-

안도하는 한숨 같기도

고요한 수면 위로 내뿜던

어머니의 숨비소리는

닿은 적 없는 뭍을 향한

아들딸의 이름이었나.

썬샤인의
전사들

친구가 배우로 나오는 연극 〈썬샤인의 전사들〉을 보러 갔다.
옛날부터 참 눈이 반짝반짝한 친구였는데 특히나 이번 연극에
서는 친구는 찾아볼 수 없었고 오로지 배우만이 존재했다.
러닝 타임이 거의 세 시간에 가까웠는데 지루할 틈이 없을 만
큼 좋은 작품이었다. 한국 근현대사의 아픈 역사들이 자연스럽
게 이어지면서 하나의 소설이 완성되는 내용이었는데 굉장히
아프고 뜨끔하면서도 피하고 싶은 순간들이 많았다.

이번 연극을 통해 실재성과 허구성이 예술에 미치는 영향에
대해 진지하게 생각을 해보았다. 정말로 모든 예술에 적용이

되었다. 내가 그동안 써온 곡들도 경험에 의해 시작되어 가장 진실에 가까운, 즉 허구성보다 실재성이 강한 가사들을 썼을 때 듣는 사람들 또한 더 몰입한다.

하지만 그런 소재들 자체는 모른 척하고 싶은 이야기들이 많기 때문에 대개 마음속 깊은 곳에 숨겨두고 가능한 한 똑바로 직시하지 않도록 노력하기도 한다. 그래서 그런 상처들이 시간이 많이 흘러도 결국 밖으로 나오지 못했을 때는 내 마음속 어딘가에 뿌리를 내리고 무럭무럭 더 자라나곤 한다. 그리고 잊을 만하면 다시 나타나서 나를 괴롭힌다.

누구도 시키지 않았는데 음악가의 숙명처럼 나만의 특정한 기억들이 곡으로 만들어질 때가 있다. 그러면 나는 슬프지만 자신을 경멸하기도 한다. 하지만 그런 경멸 후에는 어떤 후련함 같은 것도 존재하는 것 같다. 아니, 반드시 존재한다. 피하고 싶었던 상황 또는 사실을 똑바로 직시했기 때문이 아닐까.

한 개쯤은
도움이 되겠지

다른 이들은 어떨지 모르지만, 내게는 이별에 관한 꽤 좋은 특효약이 몇 가지 있다.

1. (영어) 공부 하기

간만에 공부라는 걸 하면 진짜 머리가 너무 아프고 눈에 잘 들어오지 않기 때문에 복잡한 마음을 달래기에 꽤 좋다. 그리고 하루에 한 시간 이상씩 꾸준히 하면 이별한 것보다 더 깊은 한숨(과 빡침)이 나올 것이다. 이 방법은 마음을 아프게 할 것인지, 머리를 아프게 할 것인지의 갈림길에서 양자택일을 하는 방법 중 하나라고 할 수 있다.

2. 쿡방 보기

이별한 직후 바로 추석을 맞이해야 했던 나는 가족 앞에서 맘껏 슬퍼할 수도 없었다. 그래서 꾸역꾸역 추석 음식을 밀어넣으며 하염없이 TV만 바라봤다. 서울 집에는 TV가 없어서 거의 TV를 볼 일이 없다. 그래서 항상 부산 집에 내려가면 TV를 많이 보게 된다. 드라마는 어쨌든 갈등이 존재해서 싫고, 다큐멘터리는 진지해서 싫고, 예능은 너무 '하하 호호'해서 싫고, 스포츠는 잘 몰라서 싫다.

그러다가 한줄기 빛처럼 발견한 프로그램이 있으니, 바로 쿡방이었다. 멍한 상태로 바라봐도 좋지만 그냥 멍하니 바라보다 보면 약간의 호기심도 생긴다. 사람들의 삶의 질이 예전보다는 높아지면서 쿡방이 모든 프로그램에서 차지하는 비중도 꽤 높아졌다. 이제는 TV를 언제 틀더라도 항상 어느 채널에서는 쿡방이 나온다. 물론 내가 쿡방을 보면서 똑같이 따라하지 않을 것이라는 걸 너무 잘 알지만, 쿡방은 생각보다 재미도 있고 시간을 보내기에도 좋다.

3. 술

확실히 물보다는 술이 도움이 된다.

4. 돈 쓰기

경험에 의하면 돈을 쓰기 전에 이미 돈이 없어서 더 우울해진
다. 그럼에도 지극히 많이 낭비하고 소비된 감정들에는 불필요
한 돈을 써서 살짝 덮어주는 것이 꽤 도움이 된다. 장기적으로
는 불행해질 수도 있으나 단기적으로는 확실히 도움이 된다.

5. 내 발 사이즈보다 조금 작고 불편한 신발을 신고 오랜 시간 걸어다니기

친구가 추천해줘서 '꼭 해봐야지' 생각했지만 아직 용기가 부
족해서 시도해보지 못한 방법이다. 발까지 아프기는 싫다.

넉살의
안 좋은 예

집 근처에 세탁소가 한 곳 있다.

처음 이사를 왔을 때 이런저런 세탁물을 맡길 일이 많아 가게 되었는데, 솔직히 이곳의 첫인상이 그렇게 좋진 않았다. 세탁소 특유의 향기와 분위기를 좋아해서 세탁소 가는 것을 좋아하는데, 이사 오기 전에 자주 가던 곳이 너무 좋았던 탓인지 이곳은 뭔가 크게 정이 느껴지지 않았다. 그리고 아저씨 혼자서 일을 하시는데 살짝 불친절한 편이기도 했고.

곧 계절이 바뀌어 겨울 외투를 몇 벌 맡겨놓고 찾으러 간 날이었다. 약속시간이 살짝 촉박해서 정신없던 와중에 세탁물을 찾으러 갔더니 깜빡하고 지갑을 놓고 갔다. 세탁소 문을 여는 순간 지갑이 없다는 사실을 뒤늦게 인지했지만 요즘은 계좌이체도 많이 하니까 손에 들고 있는 스마트폰으로 어떻게든 되겠지라는 생각으로 크게 걱정은 하지 않았다.

겨울 외투 세 벌에 블라우스 한 개를 찾기 위해서는 3만원이 필요했다.

"죄송한데 집에 지갑을 놓고 와서요, 여기서 바로 계좌이체를 해드려도 될까요?"라고 여쭤봤는데 아저씨는 통장이 없으니 오로지 현금만 된다고 단호하게 말씀하셨다. 어떻게 통장이 없을 수가 있을까. 야속했다. 평소 같았으면 집에 다녀오거나 내일 다시 찾거나 했을 텐데, 당장 외투는 필요했고 한 번 더 왔다가기에는 시간적 여유가 별로 없었기 때문에 조금 더 넉살 좋게 한 번 더 말씀드려 보았다.

"아저씨~ 여기 자주 이용하는데요. 오늘 하루만 계좌이체 해주시면 안 될까용? 다음부터는 현금을 꼭 들고 오겠습니다!"

보통 이쯤 되면 조금 귀엽게 봐줄 수도 있지 않을까 하고 내심 생각했지만, 내게 돌아온 말은 이랬다.

"아니… 내가 신용불량자여서 통장이 없어요, 아가씨."

머쓱하기도 했고 눈치 없이 넉살을 부린 것 같아, 괜찮다며 필요 이상으로 고개를 끄덕거리며 집에 바로 다녀오겠다고 했다. 부리나케 다시 세탁소로 가서 3만 원을 드렸는데 아저씨는 세탁물과 함께 2천 원을 거슬러주셨다. 미안하니 깎아주시겠다고 하셨다. 괜찮다고 또 넉살부리면 신용불량보다 더 큰 비밀을 알려주실 것만 같아서 감사하다고 꾸벅 인사를 하고 나왔다.

선
택

자살방지센터에서 상담원으로 일하는 사람의 사연을 듣게 되었다. 누군가 스스로 생명을 끊는 일이 없도록 조언도 해주고 진심어린 상담도 해주는 뜻깊은 일을 하고 있지만 정작 자신의 행복은 잘 지키지 못하는 것 같다는 내용이었다.

무슨 직업이든 고충이 있고 또 그 일을 하면서 얻게 되는 보람도 있겠지만 특히 이분은 일을 마치고 자신의 일상으로 돌아갈 때면 다른 사람들의 무거운 짐을 덜어준 만큼 자신의 삶에 드리워진 그림자도 짙어졌을 것이다.

내가 감히 그 무게를 알 것 같다고 말할 순 없지만, 이런 분들이 있기 때문에 쉽게 져버릴 수도 있었던 위태로웠던 이들의 인생이 새로운 빛을 발할 수 있어 정말 감사하다.

매스컴에서 잊을 만하면 각인시켜 주는 통계가 바로 자살률 1위 국가라는 타이틀이다. 그래서 언젠가부터 어느 지역에서 모르는 이가 스스로 목숨을 끊었다 한들 큰 뉴스거리가 되지는 않는다. 그만큼 우리 사회에서 잘 보이지 않는 큰 문제다.

우리는 모두 누군가의 자식으로 태어난다. 살아가면서 조금은 빨리 부모님을 떠나보내야 할 수도 있고, 부모님이 있지만 없다고 생각하며 살아가야 할 수도 있고, 운이 좋다면 오래도록 부모와 자식으로 변함없이 지낼 수도 있다. 후천적으로 발생하는 사정과는 관계없이 재선택이 불가능한 부모가 꼭 존재하는 것이다. 그래서 자식은 부모를 선택할 수 없다.

솔직히 말하면 나는 아버지를 미워한다. 그동안 살아오면서 할 수 있었던 소심한 복수는 그냥 처음부터 없었던 사람으로 생각하는 것과, 삐뚤어지지 않고 바르게 잘 자라는 일이었다.

만약 내가 다시 '나'로 태어나길 원한다면 나는 똑같이 지금의 부모님을 선택해야 한다. 상상할 수도 없을 만큼 기술이 더 발전해서 그때는 행여나 부모님을 선택할 수 있다고 해도 나는

1초의 고민도 없이 지금의 부모님을 선택할 것이다. 왜냐하면 자식은 부모를 선택할 수 없으니까.

하룻밤의 사랑으로 태어난 이라고 해도, 한때는 사랑이었지만 지금은 남이라고 해도, 우리가 있기까지는 부모님이 꼭 있었다. 선물과도 같은 인생을 얻은 자식이 스스로 목숨을 끊는 일만은 없기를.

우울한 날들에 최선을 다해줘

혼자만의 적당한 시간과 여유 속에

궁금한 게 있어

충분히 많은 사람들 속에서

나는 왜 자꾸만 쉽게 슬퍼지는지

예감했던 일들은 꼭 그렇게 되는지

놀랍지도 않지

바뀌지 않을 내 모습처럼

그냥 또 이렇게 여기서 난 슬퍼할래

우- 우울한 날들에 최선을 다해줘

이 음악이 절대 끝나지 않도록

울고 싶은 날엔 눈물을 보여줘

이 노래가 절대 슬프지 않게

나를 잘 알 것 같단 말은 하지 말아줘

그럴수록 난 더 알 수 없게끔 돼버리니까

그런 말들에 괜찮은 듯 웃어넘기는 모습 뒤에는

슬퍼하는 날 만나지 않게

울부짖어요. 맘껏 울부짖어요

0416

전날 새벽까지 친구들과 술을 마시는 바람에 오전 아홉 시 버스를 타야 하는데 두 시간밖에 자지 못했다. 부랴부랴 짐을 챙겨 지하철에 몸을 싣고 고속터미널에 도착했다. 꿈인지 생시인지 모르는 상태로 버스는 출발했다. 눈을 뜰 때는 항상 휴게소였다.

진도는 참 멀었다. 진도까지는 꼬박 4시간 40분 정도가 걸렸다. 거의 두 시가 다 되어서 도착했다. 해가 쨍쨍한 시간이었다. 한참을 달려왔는데도 진도는 낮이었다. 심지어 1월임에도 불구하고 거의 봄 날씨처럼 따뜻했다.

진도터미널에서 바로 또 버스를 타고 40여 분을 달려 팽목항에 도착했다. 많은 사람들 틈에 나도 슬며시 합류했다.

아직도 믿고 싶지 않은 일인데, 현장에 도착해서 보니 더더욱 믿기가 힘들었다. 내 존재 자체와 머릿속에 떠오르는 어떤 생각도 사치처럼 느껴졌다. 그냥 조용히, 묵묵히 앞으로 이 모든 걸 잊지 않을 것만을 다짐하며 오랜 시간을 머물렀다. 그리고 나보다 더 깊은 마음으로 이 아픔을 기억하려는 사람들의 글을 조금 업어오기로 했다.

봄은 죽었다.

우리는 한순간 '세월'이라는 언어를 잃어버렸다. 아니다. 부패한 권력과 자본이 강탈했다. 우리는 당장 부패로부터 세월을 구해야 한다.

따뜻하게 날려 보낸 꽃잎 한 장 잊지 않겠습니다.

엄마 눈물 모아 하늘에 있는 엄마 딸 서우 마음에 닿아서 꿈에라도 한 번 와줬으면 좋겠어. 눈감는 그날까지 널 사랑하며 잊지 않을게.

그 슬픔에는 깊이도, 넓이도 없다.

노란 리본을 잡고 올라오세요.

엄마가 어딜 가든 그곳은 엄마를 기다리던 아이가 있는 깊은 바닷속이
됩니다.

가슴으로 우는 우리를 꺼내주세요.

저희는 유가족이 되고 싶습니다. (미수습자 가족 일동)

4 어디에 있을까

눈을 감고 더 뜨겁게
여기 지금 어딘가에
사랑이 있음을
여기 지금 어딘가에

이어
달리기

당시에는 그 사람에게 바보 같은 얼굴이라며 웃어 넘겼지만,
어느 날 내가 그 사람과 비슷한 모습을 하고 있을 때 비로소
알게 된다. 나를 참 많이 좋아해줬구나.
사랑이 가끔 이어달리기처럼 느껴질 때가 있다. 그럼에도 계속
달려야 하는 거겠지.

다시 또
누군가를

사랑을 시작하는 데 이유가 없다.

누군가를 사랑하겠다고 하면 그때부터 이유가 생기는 것이다.

'알고 보니 우린 아주 많이 닮아서' 혹은 '아주 많이 달라서'와 같은 이유가 생기면 왠지 더 사랑할 수 있을 것 같은 그런 기분마저 든다. 그러다 기적처럼 상대방도 나에 대한 어떤 이유가 생기면 우리는 마치 하늘이 내려준 운명처럼 연애라는 걸 시작하게 된다.

"우리 집 마당에는 토마토나무가 있고, 우물 옆에는 펭귄이 살아."라는 말도 믿어버릴 듯한 무한한 이해심과 알 수 없는 자신감으로 시작하는 연애 초기는 너무나 행복하다. 매일 아침 눈을 떴을 때 생각나는 사람이 생겼고 한동안 기억해낼 수 없었던 영화관의 구조도 확인할 수 있다.

'그래, 예전에 난 이러이러한 오류를 범했지만 이번엔 확실히 조금 다른 것 같아'라는 생각을 하며 두 사람은 손을 잡는다. 세상의 모든 기쁨과 환희는 맞잡은 두 손 안으로 들어오는 듯하고, 예전에 했던 마지막 사랑은 지금의 사랑을 있게 하는 하나의 아름다운 과정이 된다. 두 사람은 마주잡은 두 손을 놓으면 큰일이라도 날 것처럼 꼭 붙잡는다.

사랑은 더 깊어지고, 마주잡은 두 손은 서로를 안는다. 그런 설렘에 충실하며 좇아가다 보면 어느새 시간이 부쩍 흘러 조금은 편해지고 무뎌진 두 사람을 발견한다.

두 사람에게는 '오래된 연인'이라는 수식어가 붙는다. 함께 자주 가는 곳이 많아지고, 함께 자주 듣는 노래가 생기고, 대화를 이어나가지 않아도 편해지는 시기가 온다.

그런데 서글프게도, 사람은 편해지면 생각이라는 게 많아진다. 길에서 아무런 이유 없이 손을 잡고 걷는 행위는 노부부를 위해 존재하는 듯하고, 갓 연애를 시작해서 죽고 못 사는 듯 보이는 남녀를 보면 왠지 남 일 같다. 두 사람의 마음이 늘 같을 수는 없지만, 누군가 한 사람의 마음이 기울어졌다고 생각되면 그때부터 갈등이 시작된다.

사실 '권태기'라는 단어로 간단하게 설명할 수도 있지만, 보통 우리는 인정하지 않는다.

이번에 굳게 믿었던 사랑도 사랑이 아니었나보다.

어쩐지 예전에 했던 사랑의 마지막과 비슷하다고도 생각해본다. 그리고 자연스럽게 아무 일도 없었던 것처럼, 사랑은 아무것도 아닌 것이 되어버린다.

여태까지의 사랑은 이랬다.

그런데 지나고 생각해보면 이유 없이 시작한 사랑의 마지막에는 꼭 이유가 있었다.

다시 사랑을 시작한 사람이 있다면, 사랑의 시작에는 이유가 없다는 말을 하고 싶다.

내가 사랑하겠다고 마음먹은 사람은 당연히 좋은 사람일 테고, 그 사람에게 내가 좋은 사람이 되어주면 그만이다. 늘 설레고 불같은 사랑을 기대할 수는 없겠지만, 편해지는 순간부터 또 다른 새로운 사랑이 시작된다.

진정한 사랑은 바로 지금 우리가 하고 있는 사랑이 되어야 하지 않을까.

너에게 간다

다시 또 누군가를 만나 좋아하는 걸 맞추고

함께 자주 가는 곳이 많아지는 일은 없을 줄 알았어

세상은 혼자 사는 거라 외로운 위로를 해보고

아쉬울 때엔 로맨스 영활 보며 사랑에 빠진다

그러다 어느 날 마치 운명의 장난처럼

누군가 생각이 나고 궁금한 밤

잠도 오지 않는 이 밤

이러다 괜찮아질 거라 다짐에 다짐을 해보지만

아무리 다시 생각해봐도 사랑에 빠졌구나

너에게 간다 조심스레 이젠

우리가 된다 하나가 된다

네 맘속으로 들어간다

등대

예전에 살았던 집에 불이 켜져 있다.

큰 길에서도 잘 보이는 집이라 지인들이 근처를 지날 때면 전화가 오곤 했는데, 이사를 나온 뒤로 한동안 비어 있던 그 집에 불이 켜졌다. 그 빛을 보고 있자니 기분이 이상해져서 전화를 걸고 싶었다. 그런데 그날은 이상하게 전화할 사람이 없더라.

유일하게 그러지 않아도 되는 너

우리는 아무런 이유 없이

어느 날 우연히 만났고

시간이 흘러 이젠 자연스러워

친구란 단어도 무색하게

서로의 꿈을 얘기하던

우리는 각자의 길을 가네

말하진 않지만 우린 제자리에서

그때로 돌아가는 꿈을 꾸네

누군가가 그리워져서

아무에게나 전화를 해볼까

그런데 어느새 이유를 찾게 돼

유일하게 그러지 않아도 되는 너

Selfish

나는 최근에 이별을 했다.

도망치듯이 짐을 챙겨 제주도로 떠났다. 마침 비가 부슬부슬 오기 시작했다. 날씨가 내 마음 같았다. 일기예보를 검색하니 3일 정도 흐리고 비가 올 예정이라고 했다.

가야 할 곳도, 가고 싶은 곳도 딱히 없어 무작정 걷다 보니 익숙한 탑동에 도착했다. 그 좋아하는 맥주도 마실 자신이 없어 뜬눈으로 긴긴밤을 지새우고 도망치듯이 다른 곳으로 향했다. 일기예보와는 달리 하늘은 너무 맑고 해는 쨍쨍해서 배신감마저 들었다.

이곳에서 최대한 빠르게 멀어져야겠다는 생각에 급하게 위미
리로 향했다. 해안도로를 따라 하염없이 내려갔다. 광치기해변
을 지날 때쯤이었다. 전날 밤에 많이 운 탓인지 일어나서도 계
속 멍한 상태였는데 반짝거리는 바다를 바라보니 너무 아름다
워서 또 눈물이 났다. 아마도 내가 이별을 하지 않았더라면 자
연의 아름다움에 눈물을 흘리지는 않았을 텐데, 야속하게도 자
연은 너무나 아름다웠다.

이별은 절대 아름답지 않은데 자연은 왜 이토록 아름다운 것
일까. 눈물을 닦으며 다시 위미리로 향하는데 갑자기 이 동네
의 이름을 곱씹으니 더 슬퍼졌다. we에서 me라니. 그렇게 또
위미리를 빠르게 지나쳤다.

어쨌든 떠나는 사람은 이기적이고, 떠날 수밖에 없는 사람 또
한 그렇다. 그런데 이런 이기적인 마음들이 모여 하루라도 빨
리 모든 게 괜찮아졌으면 하는 간절한 마음이 가장 이기적일
것이다. 한때의 나는 나만큼, 어쩌면 나보다 너를 더 생각했지
만 지금은 가쁜 숨을 내쉬기 위해서 나만 생각할 수밖에 없다.

도망치듯이 떠나온 곳에서

정처 없이 걷고, 걷고, 걷는다

비가 온다던 예보와는 달리

하늘은 나와 또 울어줄 수 없다

가는 곳마다 바다가 보인다

이별은 아름답지 않은데

자연은 이토록 아름다워서

눈물이 나고 또 났다

떠나는 사람은 이기적이고

떠나야 하는 사람 또한 그렇다

하지만 하루빨리 괜찮아졌으면 하는

간절한 마음이 가장 이기적이다

한때는 나보다 너를 생각했지만

지금의 나는 숨을 쉬기 바쁘다

언젠가는 추억 속의

너라는 바다를 유영한다

어디에
있을까

합정에 있는 '쓰리고' 카페 사장님을 보면 참 신기하다. 어떻게 저런 사람이 있을 수 있지 하는 생각이 들 정도로 좋은 사장님, 좋은 남편, 좋은 아빠, 좋은 이웃사촌, 좋은 친구의 역할을 한다. 이 중에 하나만 잘해도 대단한데 정말 볼 때마다 완벽하게 모든 역할을, 그것도 아주 잘하는 사람인 것 같다.

나는 지금도 딱히 이상형이라고 할 만한 기준은 없지만 쓰리고 사장님을 본 이후에 이상형이라고 말할 수 있는 기준이 하나 생겼다. 사장님 아들의 이름이 '고유'인데, 언젠가 프로필에 가족사진을 올려놓고 이런 알림말을 적어놓았다.

"고유야 사랑해! 하지만 아빠는 엄마를 더 사랑해."

솔직히 말하면 울 뻔했다. 그냥 재밌게 써놓은 글로 넘길 수도 있지만 얼마나 멋있는 아빠이며 남편인지 고스란히 느껴져서 감동받았다.

이렇게 말해줄 수 있는 이는 어디에 있을까.
내가 늦어 다른 사랑 하고 있을까.

\# 어디에 있을까

캄캄해서 빛나는 밤을 본 적이 있을까

속삭여도 충분히 아름다운 밤을

나의 차가운 입김을 너의 온기로 녹이기에

도시의 밤은 너무나 밝고 우리는 부끄러움이 많아

나와 같은 사람 어디에 있을까

나를 찾고 있진 않을까

너와 같은 사람 어디에 있을까

내가 늦어 다른 사랑 하고 있을까

먹먹해서 빛나는 밤을 본 적이 있다면

우리에게도 눈부신 사랑이었음을

달이 없는 밤이 오면

누구보다 더 뜨겁게

네가 없는 별 하나에

빛이 눈부실까

눈을 감고 더 뜨겁게

여기 지금 어딘가에

사랑이 있음을

여기 지금 어딘가에

첫
사랑

나는 첫사랑을 말하는 것이 늘 어렵다. 딱히 그런 사람을 꼽을
수 없기 때문이다. 그래서 첫사랑을 말할 때면 항상 떠오르는
얼굴들이 바뀐다. '이 사람만은 잊을 수 없어'라는 것도 없고
사실 나는 그 말이 싫다. 잠깐이라도 스쳤다면 완벽하게 잊는
일이란 당연히 어렵고, 기억할 수 있는 한 많은 것을 잊고 싶지
않다.

사람들이 흔히 첫사랑에 대한 이야기를 하면 이상하게 상처를
받을 때가 있다. '다시는 그때처럼 누군가를 사랑할 수 없을 것
같아'라는 이야기를 들으면 그 사람이 나를 사랑했던 것도, 사

랑할 것도 아닌데 괜히 마음이 무너질 때가 있다. 그 사람은 첫 사랑이자 마지막 사랑이라고 말하는 그 시절을 그리워하지만 다시는 그런 사랑을 할 수 없을 거라고도 이야기한다.

나도 잊을 수 없는, 잊고 싶지 않은 사람들 중에서 정도의 차이는 물론 있다. 하지만 유독 한 사람만을 잊지 못하겠다고 이야기해본 적은 없는 것 같다. 한때는 가장 소중했을 다른 사랑들에 미안해지기 때문이다.

전쟁과도 같은 여러 번의 사랑을 거치며 상처를 받을 대로 받아본 우리는 예전처럼 사랑하는 일이 어렵고 두렵다. 그럼에도 우리는 매번 다른 사랑을 시작한다. 상처를 받지 않으려 새롭게 빠진 사랑을 그렇게 뜨겁지 않은 것으로 치부하며.

물론 개인의 차이는 있겠지만 나는 이런 말들이 정말로 아프고 안타깝다. 그래서 이런 이야기들 앞에서 가끔 생각한다. 그 시절의 사랑을 진짜 잊지 못하는 이유가 그 사람이기 때문이기보다는 그 시절의 나를 영원히 기억하고 싶기 때문은 아닌지.

고독의 빛

하나로 시작해서 하나로 끝나기보다는

즐겁게 둘이기도 했다가 하나가 소중해지는 그런.

지독하게 어두운 방 안

어지럽게 빛을 내는 타인들의 즐거움을

마냥 바라보는 것도 아닌.

외로움이 간절해질 때 고독은 빛을 발한다.

쓸쓸한 아름다움으로

슬프지 않은 기다림으로.

불이 모두 꺼진 방에서 하염없이 TV를 보는 할머니를 봤다.

아름답지 않은 고독함이었다.

편지 2

가장 슬프다고 생각하는 곡 중에 하나가 바로 김광진의 '편지'
다. 인트로부터 이토록 마음을 사로잡는 곡이 있을까. 이 노래
는 나의 어떤 날을 떠올리게 한다.
남자친구의 차를 타고 어디론가 가던 중이었는데 조수석 서랍
에서 예전에 만났던 사람의 편지를 우연히 발견했다.

"사랑하는 ○○ 씨에게"

크리스마스 장식이 되어 있는 걸로 보아 아마도 크리스마스
편지였던 것 같다. 본능적으로 첫 줄을 읽고 더 이상 읽지 않았

다. 기분이 이상했지만 나쁘지도 않았다. 그리고 다시 서랍에 넣어놓기도 애매한 상황이라 웃으면서 남자친구를 향해 그 편지를 흔들어 보였다. 무방비 상태에서 나처럼 첫 줄을 읽은 남자친구의 얼굴은 정말 당황 그 자체였다. 마침 세차를 하느라 잠시 주차를 했었는데, 남자친구는 그 편지를 낚아채 재빠르게 버렸다.

그 후로 이야기한 적은 없지만 나는 그 장면이 두고두고 기억에 남았다. 솔직히 말하면 그 일로 인해 조금 상처받았다.

물론 남자친구가 그 편지를 안쪽 호주머니에 간직했다거나, 왜 이런 걸 발견했느냐며 도리어 화를 냈다던가, 이러나저러나 문제였겠지만 우연히 목격한 그 장면에 상처받은 것만은 틀림없다.

지금보다 어릴 적에는 상대방의 과거에 쉽게 속상해질 때가 있었다. 하지만 나도 그렇듯이 예전의 경험이 있기 때문에 현재의 사람에게 잘할 수 있는 부분도 많다고 생각한다. 그 시절을 떠올리면 그때였기 때문에 가능했고, 그래서 더 풋풋하고 아름다운 기억들이 많다.

내가 사랑한 사람 또한 그랬을 것이다. 각자의 기억들을 추억 삼아 서로 공유하지는 않지만 아마도 한때의 소중했던 시절의 단면이 구겨져 버려지는 모습을 보니 좀 슬퍼졌던 것 같다.

스쳐 지나가는 바람에 괜히 뒤돌아보게 되는 날이 있다. 그런 날 한 번쯤은 가장 좋았던 그때를 추억할 수 있는 사람이고 싶다.

편지 2

많은 시간이 흘러서

아마도 그날의 넌 다른 사랑을 했고

너를 생각했던 사람

나는 아니었지만 소중했던

스쳐 지나간 바람에

뒤돌아보게 되는 날

그런 날 한 번쯤은 그때를 생각해도 돼

하루만 그때로 돌아가

수줍게 미소 짓던 그날의 너를 놓지 마

하루만 그때로 돌아가

그날의 너를 잊지 마

바
다

드넓은 바다 앞에서 출렁인 건
파도가 아니라 내 마음이었다.

내려
놓음

최근에 한 뮤지션이 음악을 만들어가는 과정에 있어서 많은 것을 내려놓았다는 이야기를 했다. 아직까지도 많은 시행착오를 겪는 내 입장에서는 부럽기도 한 발언이었지만 그가 말한 '내려놓음'이 곧 '적당히'를 의미한다는 것을 알았을 때 꽤 실망스러웠다.

앞으로도 그렇겠지만 내 노력이 결과물의 수준에 절대 비례하지는 않을 것이다. 그리고 매일같이 새로운 음악, 좋은 음악들이 쏟아져나오고, 듣는 사람들은 절대 호락호락하지 않다. 당연히 모든 사람들을 동시에 만족시킬 수 없으며 언제까지고 기대에 부응할 수도 없다. 그냥 묵묵히 내가 하고 싶고, 할 수 있는 일에 최선을 다할 뿐이다.

내려놓음이 최선을 다하지 않는 것은 아니었으면 한다.

꼰
대

"요즘 애들은……."

"우리 때는 말이야……."

이런 말을 은연중에 하게 될까봐 두렵다. 꼰대의 범주에 속한
다고 해도 이상하지 않을 나이가 되어 보니 진짜로 나도 모르
게 그렇게 될까봐 무섭다.

인생의 갈림길에 서 있어도 나이는 우리에게 해줄 말이 별로
없다. 진짜로 갈림길에 서 있는 사람들 앞에서 흔히 꼰대라고
불리는 사람들은 본인의 경험을 토대로 자꾸만 훈수를 두려고
한다. 그럴 땐 진짜 바둑이나 장기를 뒀으면.

오이
장아찌

즐겨 먹지 않는 음식에는 여러 가지가 있지만 유일하게 못 먹는 음식은 오이다. 그렇게 예민한 편도 아니면서 이상하게 오이는 쳐다보기만 해도 물비린내가 느껴진다. 비슷한 종류로는 수박(특히 흰 부분), 멜론, 참외 등이 있다. 그래도 이 친구들은 먹을 수는 있는데 잘 익은 수박과 참외는 좋아하고 멜론은 거의 먹지 않는다. 이런 확고한 취향이 생기면서 어릴 적에 집밥을 먹을 때도 오이에는 손도 안 댔다. 딱히 가족 중에 오이를 좋아하는 사람이 있던 것도 아니어서 엄마가 만드는 반찬에도 오이가 들어간 음식의 비중이 자연스럽게 줄어들었다.

나는 스무 살이 됨과 동시에 독립을 했는데 친구들과 이야기를 하다 보면 어머니의 스타일에 따라서 음식 스타일도 다르고 자라온 환경, 성격도 많이 달랐다. 그리고 나처럼 일찍 독립을 한 비슷한 처지의 친구들과 이야기를 하다 보면 집으로부터 수령받는 보급품들이 다른 것이 꽤나 재밌다.

우리 엄마는 다 비우지 못할 반찬을 보내주는 대신에 먹고 싶은 음식을 조금씩 사서 먹으라고 하셨고, 택배를 보낼 때면 엄마가 생각하기에 20대 여자아이에게 필요한 것들 위주로 보내주셨다. 처음에는 주로 스타킹, 속옷, 옷, 화장품 같은 것들이었는데 나중에는 이런 보급품들이 점점 활기를 띠며 범위가 넓어지더니 이불, 고데기, 실내 운동용품 등으로 발전해나갔다. 실내 운동용품은 비록 갈 곳을 잃었지만 나머지는 모두 유용한 것들이었다. 독립을 한 뒤로 TV의 필요성을 못 느껴서 지금까지도 TV없이 지내는데, 가끔 집에 내려갔을 때나 식당에서 밥을 먹을 때 우연히 보게 된 TV 홈쇼핑에서 엄마가 보내주신 물건들을 보면 재밌다.

최근에 외할아버지 제사가 있어 오랜만에 엄마가 부산에서 올라오셨다. 서울역으로 마중을 나갔는데 평소에는 거의 단출하게 짐을 꾸려 다니는 엄마가 캐리어까지 들고 오셨다. 다음 날 다시 집에 내려가시는데 왜 이렇게 짐을 많이 가져왔나 봤더니 캐리어에 한가득 반찬을 만들어서 가지고 오신 것이다. 외할아버지 제사는 한여름인데, 에어컨도 없는 부산 집에서 이 많은 반찬들을 직접 다 만들고 상할까봐 냉동까지 해서 들고 오셨다. 처음에는 엄마가 가져온 반찬들이 마냥 반가웠다. 그런데 막상 이걸 가져오기 위해서 고생했을 과정들이 짐작이 갔다. 다음에는 이렇게 싸오시지 않았으면 좋겠다는 생각이 들었다.

엄마는 싸온 반찬들을 신이 나 설명을 해주셨다. 장조림, 쥐포, 멸치, 건새우 등등. 종류가 자그마치 일곱 가지나 되었다. 그리고 마지막에 오이장아찌도 나왔다. 나는 거의 반사적으로 "오이? 나 오이 못 먹잖아요!"라고 말했다. 엄마도 갑자기 놀라서 "아! 맞다, 맞다. 우리 딸 오이를 안 먹는 걸 왜 까먹었을까. 날이 너무 더워서 그만 깜빡했네. 장아찌니까 오이 맛 별로 안나. 그냥 먹어."라고 하셨다.

이번 기회에 먹어보겠다고 말했지만 솔직히 자신은 없었다. 근처에서 맛있는 점심을 사드리고 친척집에 갔다가 캐리어를 들고 다시 집으로 돌아와서 반찬들을 정리했다. 그때까지도 차갑게 잘 보관되어 있는 반찬들을 보니 뭉클했다. 거의 반나절 이상이 걸리는 먼 길을 한걸음에 달려온 반찬들은 참 정갈하고도 맛있었다.

이제는 떨어져 산 지 거의 10년이 다 되었으니 서로의 입맛의 취향을 잊어가는 것이 서글프지만 그리 놀라운 일도 아닐 것이다. 하지만 엄마로서는 딸이 오이를 싫어한다는 사실을 까먹었다는 것이 괜히 미안하고 서글픈 일이 된 것 같아 조금 죄송스러웠다. 그렇다면 내가 지금부터라도 오이를 좋아하면 될 것 같은데 이미 머리가 클 대로 커져버린 지금의 나는 그것도 힘이 들겠지.

업데이트

나는 밖에서 작업을 할 때 태블릿과 연동이 되는 키보드를 들고 다니면서 노트북처럼 활용한다. 기계들이 그렇듯이 2년을 넘기면 슬슬 문제가 생기기 시작하는데 이해는 하지만 내 입장에서는 꽤 억울하기도 하다. 나는 태블릿으로 게임을 하는 것도 아니고 인터넷도 거의 하지 않으며 대부분 메모와 글 쓰는 일을 할 때만 사용하는데도 시간이 흐르니 자연스럽게 속도도 느려지고 안 되는 기능도 하나씩 생긴다.

그럼에도 큰 불편을 안 느끼시 그럭저럭 사용을 했다. 어느 날 기본 메모 어플을 켰는데 자꾸만 꺼졌다. 그 메모장에는 내 모든 습작들과 글이 있는데 백업을 해두지 않아서 크게 당황했다. 몇 번이나 껐다 켰는데도 되지 않아서 정말 큰일이 났구나 생각하며 속으로 눈물을 흘리는데 친구가 소프트웨어 업데이트를 해보라고 했다.

어쩐지 요즘에 몇 개 깔려 있던 어플들도 자꾸 사용할 수 없다고 떠서 그냥 지워버리고 말았던 차에 친구에게 아무래도 해답을 얻은 것 같아서 떨리는 마음으로 설정에 들어가 업데이트를 눌렀다. 그런데 허무하게도, 마침 배터리가 반도 남지 않아서 이런 상태로는 업데이트를 진행할 수가 없다는 메시지가 떴다. 정말 마음대로 되는 일이 하나도 없다.

충전기를 들고 다니지 않기 때문에 급하게 집으로 돌아와 처음으로 소프트웨어를 업데이트하는 버튼을 눌러보았다. 그리고 다행히 내 모든 습작과 글은 새롭게 태어났다. 몇 년 동안 큰 변화 없이 사용해온 태블릿은 업데이트 후 많은 게 바뀌었다. 단축키도 예전과 달라졌고 자꾸만 내가 쓰려는 단어를 나보다 먼저 자동으로 완성하려고까지 했다. 그리고 이건 아직 해결을 못했는데 문장을 쓰다 보면 마침표 점을 나는 한 번만 찍었는데 자꾸만 두 개로 찍혀서 한 개를 지우면 글자 앞으로 이동하는 현상까지 생겼다. 한숨을 내쉬며 기본 설정들을 최대한 내가 편리하지 않게, 기계가 나를 최대한 배려하지 않게끔 바꾸다 보니 예전의 설정들에 가까워질 수 있었다. 어느덧 새벽이 다가왔고 나는 조금 늙었다.

휴대폰이나 태블릿을 만들 때 2년이 지나면 고장이 잘 나는 부품들로만 골라서 만드는 건 아닐까 의심한 적이 있는데 아무래도 업데이트 후 의심이 한 가지 늘었다. 업데이트로 우리를 배려하는 척 하지만 뭔가 더 복잡하게 만들어서 최근에 나온 기계로 업그레이드하게 만들려는 속셈을 모를 줄 알고.

일
상

결론부터 말하자면 나는 지금 너무 잘 지내고 있다.

즉, 별일 없이 산다.

그동안의 게을렀던 자신을 반성하며 손 놓았던 이런저런 공부도 하고 있고, 건강한 생각들도 많이 하며 음악도 필요 이상으로 열심히 하고 있다.

'내가 그 사람보다 나은 사람이 될 거야'라는 생각은 추호도 없지만 나를 바쁘게 하지 않으면 무너져내린 마음이 쉬이 돌아오지 않을 것 같아 그냥 열심히 살고 있다. 본의 아니게 그날 이후로 나는 조금 더 괜찮은 사람에 가까워진 것 같지만, 그래서 그렇게 즐겁지도 않다. 스스로 어느 정도는 한심해 보여야 인생이 즐겁게 다가오지 않나.

그래도 요즘은 다른 사람을 만나면 쉽게 우스갯소리를 할 수 있고 친하지 않을수록 더 수월하다. 그리고 표면적인 내 모습은 지극히 멀쩡하며 심지어 살도 빠져서 꽤 괜찮다.

어느 날 늦게까지 하루를 열심히 살고 집에 돌아와서 문득 깨달은 사실이 하나 있다.

'아, 집의 상태는 내 마음 상태를 보여주는구나.'

사람마다 평소에 집을 치우는 각자의 기준이 있을 것이다.

내 기준에 의하면 모든 물건들은 일정한 각도를 이루며 늘 익숙한 자리에서 편안하게 빛나는 정도쯤은 된다. 거실에 가방을 내려놓고 작은 옷방에 들어가서 외투를 벗어놓는데 최근에 입은 옷들이 제멋대로 널브러져 있었다. 그에 반해 거실은 너무나도 깨끗해서 이상했다. 물건들은 한 번도 써본 적 없었던 것처럼 자리 잡고 있었고 바닥은 심지어 반짝거렸다.

그렇다. 거실은 겉으로 보이는 내 상태였고, 옷방은 보이지 않는 내 마음속을 투영한 듯 했다. 굳이 입지 않는 옷들까지 마구

잡이로 꺼내어 어지르지는 않았지만 어쨌든 그날 이후 내 손을 거친 옷들은 정말 제멋대로 최선을 다해 널브러져 있었다. 더 놀라운 것은 그렇게까지 어질러져 있는지 전혀 감지하지 못했다는 사실이다. 적잖은 충격과 허무함을 안고 잠시 소파에 앉았다. 어째서 잘 보이지 않는 일상들만이 이렇게 무너져내린 걸까.

나는 최근에 특별한 이별이 아닌 일상적 이별을 했다.
불과 몇 시간 전까지만 해도 함께 밥을 먹었고, 일상적인 이야기보다도 더 일상적인 시답잖은 대화들이 오갔다. 하지만 나만이 앞으로 일어날 일들에 대해서 전혀 감지하지 못했다.
그래서 지금 나에게는 일상이 가장 나쁘다.

날씨
운

날씨 운이 또 좋다.

최근에 도쿄에 4박 5일 정도 머물렀는데 마침 나리타공항에 도착할 쯤 비가 쏟아졌다. '드디어 나의 여행에도 비가 함께 하는 것인가' 생각하는 찰나, 거짓말처럼 공항을 나서자마자 비가 그쳤다. '거 참 신기한 일일세' 하며 하늘을 봤는데 당장이라도 비가 쏟아질 것 같이 흐렸다.

그렇게 다음 날도, 그 다음 날도 하늘은 비가 올 것처럼 굴더니 3일째 되는 닐은 언제 그랬냐는 듯이 가을인데도 초여름 날씨를 자랑하며 쾌청하기까지 했다. 덕분에 좋은 날씨와 함께 여기저기 많이 걸어다녔다.

평소에 여행을 하는 기간에 비해 4박 5일은 터무니없이 짧게 느껴져서 이번에는 도쿄에서 가장 좋아하는 동네인 코엔지에만 거의 머물렀다. 별 것 하지 않아도 정신없이 시간은 흘렀고 마침내 돌아가는 날이 왔다. 도쿄에 도착했던 날 나리타 익스프레스가 너무 빨랐던 탓인지 처음으로 열차를 타고 멀미를 심하게 했던 터라 돌아가는 길에는 공항 리무진을 예약했다.

신주쿠에 도착해서 마지막 날까지 쨍쨍한 하늘을 보니 내 인생에서 가장 기막힌 절정은 날씨 운인가 싶기도 했다. 여행 때 항상 우산을 챙겨오지만 이제 공항으로 가면 야외를 돌아다닐 일도 없고, 어쨌든 영원히 비도 오지 않을 것 같아서 캐리어 깊숙한 곳에 찔러놓고는 안심했다. 버스가 도착해서 짐을 실은 다음 창가 쪽에 자리를 잡았다. 이제 버스가 막 출발하려는데 갑자기 거세지는 않지만 바람처럼 흩날리는 듯한 비가 내리기 시작했다.
실소가 나왔다.
최근의 이별도 이렇게 찾아온 것 같아서.

이

재

분명 집에서 잠이 들었지만 눈을 뜨면 배낭을 메고 전주에 도착해 있을 수도 있는 종류의 인간(사람은 확실히 아니다)이 막 전주에 도착했다. 의식의 흐름이라는 표현도 아까울 정도로 본능에 충실하게 살고 있다. 이번 여행의 발단은 고양이다.

망원동에는 길고양이가 많다. 나도 주소상으로는 망원동에 거주하는 주민이지만 그나마 조금은 한적한 쪽이라 그런지 우리 집 근처에서는 길고양이를 보기가 힘들다.

그런데 최근 집에 들어가는 길에 나와 행선지가 비슷해 보이는 길고양이를 만났다. 분명히 집이 없는 고양이 같았는데 고양이 특유의 당당함으로 목적지가 분명해 보이는 듯한 걸음으로 걷고 있었다.

'고양이들이란 정말' 하며 같이 걸어가는데 한 고양이가 문득 떠올랐다. 살면서 내가 만났던 고양이들 중에 가장 사람을 잘 따르는 고양이다.

예전에 루빈 오빠와 하루 차이로 전주 공연이 잡혀서 서로 세션을 도와주면서 전주에 머물렀던 적이 있다. 그때 공연을 끝내고 한옥마을을 거닐며 수다를 떠는데 계속 우리를 따라오는 고양이가 있었다. 바로 이 글의 주인공인 고양이다.

계속 우리를 따라오는 것도 모자라 잠시 멈추면 와서 몸을 부벼댔다. 너무 신기해서 빠르게 걷다가 잠시 몸을 숨기면 우리를 찾으려고 두리번거리기까지 했다. 그 고양이와 숨바꼭질하듯이 한옥마을을 함께 여행하며 우리는 정이 들었다. 결국 숙소까지 따라온 고양이에게 우리는 '이재'라는 이름을 지어줬다. 그때 머물렀던 숙소 이름이 '이재'였다.

그날은 너무 피곤해서 나는 마지막 인사를 한 후 먼저 잠을 청했다. 루빈 오빠는 맥주를 한 캔 마시고 잔다고 했는데 혼잣말이 조금 들리는 걸 보니 이재가 아직 가지 않았나보다 하며 기절하듯이 잤다.

다음 날 물어보니 이재가 한동안 가지 않았다고 했다. 오빠도 마음이 쓰여 별채의 방문을 활짝 열고 만약에 방 안까지 들어오면 서울에 데려가기로 마음먹었다고 했다. 그런데 그렇게까지 마음을 열어준 사람은 없었던 건지 마지막에 이재는 급하게 떠났다고 했다.

고양이들이란 정말.

그때 공연장 측에서 잡아준 숙소가 너무 좋았던 기억으로 남아서 한 번 더 시간을 내어 와야겠다고 생각했는데, 이름이 잘 기억나지 않아 잠시 잊고 있었다. 그런데 고양이를 떠올리는 순간 마법처럼 그곳의 이름이 기억났다.

그리고 지금 '이재'의 안채에서 이 글을 쓰고 있다.

원

전 남자친구의 지인으로 만난 해인 오빠는 지금까지도 서로의 안부를 주고받는 사이다. 오랜만에 연락이 닿아 이런저런 이야기를 나누었다. 타고난 사랑꾼인 오빠는 오래 사귄 여자친구가 있다. 결혼준비를 하면서 여러 가지 복잡한 일이 많았다고 했다. 그 뒤를 잇기에는 내 불행을 이야기하는 게 좋을 것 같아 최근에 끝난 연애 소식을 전했다. 해인 오빠는 내 이야기가 끝나자 친한 형에게 들은 이야기를 해주었다.

사랑은 원을 그리는 것과도 같아서 뜨겁게 사랑을 하는 중에는 그 원을 완성할 수가 없다. 뜨거운 사랑이 지나가고 이별할 때 비로소 원이 완성된다. 아무리 생각해도 원을 완성하지 않는 게 가장 아름다운 그림인 것 같지만 나에게는 해당사항이 되지 않으니 원을 완성할 수밖에.

〈사랑에 대한 모든 것〉이라는 영화를 보면 정말 제목 그대로 사랑에 대한 모든 것이 나온다. 인정하기 싫지만 잘 헤어지는 것도 사랑의 마지막 단계인가보다.

어느새 나도 먼 길을 돌고 돌아 원을 그렸던 시작점에 다시 도착했다. 떨리는 손은 아직 펜을 종이에서 쉽게 떼지 못하고 시작점에 머물러 있지만 예전을 추억하며 마지막으로 한 바퀴 따라가보려 한다. 우리의 이별은 어떤 모양의 원으로 완성되었을까.

먹고 기도하고
사랑하라

한동안 영화를 보지 않았다.

지금 마음 상태로는 영화관에서 영화를 볼 여유가 전혀 없고, 무엇보다도 이상하게 영화를 보는 일 자체가 너무 힘들게 느껴졌다. 그렇게 두 달 정도를 영화, 책을 포함해 아무것도 보지 않은 것 같다.

하루는 뮤지션 〈슈가볼〉의 창인 오빠와 "세상아, 우리를 받아라. 받아줘라." 하며 술을 진탕 마셨다. 그날은 이상하게 둘 다 헤어질 때까지 정신이 맑아서 20대처럼 잘 놀았다고 기뻐하며 귀가했다. 그날은 종류별로 모든 술을 섞어 마셨는데 지금 생각해도 너무 멀쩡해서 신기했다.

다음 날도 숙취는 전혀 없었지만 어쨌든 몸은 20대가 아니라는 것을 증명하듯 하루종일 누워 있어야 했다. 물론 창인 오빠도 똑같이 그랬다는 소식을 전해왔다.

창인 오빠를 만나면 가끔 발리에 대한 이야기를 나눌 때가 있다. 나는 아직 가 보지는 않았지만 우붓 마을에 대한 막연한 동경이 있다. 그래서 작년에 다녀온 오빠에게 이것저것 물어보기도 하고, 술자리에서는 으레 거창한 계획을 쓸데없이 진지하게 세우기도 하는 거니까 뮤지션들을 모아서 송^{song} 캠프를 떠나자는 그런 이야기들도 오갔다.

그러고 며칠 지나지 않아 발리가 나오는 영화가 떠올랐다. 한국에서는 〈먹고 기도하고 사랑하라〉라는 제목으로 꽤 유명한 영화이기도 하다. 나도 몇 년 전에 봤던 영화인데 문득 다시 보고 싶어졌다.

두 달 만에 영화를 볼 수 있게 된 걸 기념하기에는 이 영화가 좋을 것 같았다. 영화가 끝날 때면 나도 모르게 항공편을 뒤적거릴 가능성이 높아 걱정되었지만 무작정 보기 시작했다.

영화에서 줄리아 로버츠는 아무 생각도 하지 않고 1년 동안 긴 여행을 떠나는데 이탈리아에서는 먹고, 인도에서는 기도하고, 발리에서는 사랑을 한다.

이 영화에는 정말 다양한 키워드들이 존재한다. 이탈리아, 인도, 발리, 여행, 사랑, 우정, 피자, 와인, 기도, 바라나시, 묵언수행, 브라질, 우붓, 명상, 후회 등.

충분히 복잡한 내가 이 많은 키워드들 중에 어떤 것을 선택하면 좋을지 잘 알 수 없었다. 그냥 영화를 다시 볼 수 있게 되어서 기쁜 마음이 가장 컸다.

이렇게 다시 영화도, 음악도 대할 수 있게 된 요즘, 걱정되는 일이 있다면 공연 때 목 상태가 계속 안 좋다는 것이다.

목 상태가 불안해서 이비인후과를 찾았다. 처음으로 성대 내시경이라는 걸 했는데 무리하게 목을 많이 쓰고 환절기라 성대가 많이 부어 있다고 했다. 다행히 결절은 아니라 안심했지만 이런 상태가 계속되면 결절로 이어질 수도 있다고 했다. 따뜻한 물도 많이 마시고 충분히 쉬어주는 것이 좋으며 가능하다면 말을 하지 않는 것이 제일 좋다고 했다.

그렇게 난 많은 키워드들 중에 예정에 없던 '묵언 수행'을 하게 되었다.

내가 원한 건 발리였는데.

삼시
세끼

올해 10월은 유독 잔병치레를 많이 하는 것 같다.

감기가 다 나았는데도 유독 기침만이 자꾸 심해져서, 병원에 가보니 역류성식도염이라고 했다. 현대인의 흔한 만성질환 중 하나지만 나와는 그동안 관계가 없던지라 자세한 증상도 몰랐었다. 의사 선생님이 물어보셨다.

"스트레스, 불규칙한 식습관, 술, 담배, 커피 등 무엇을 많이 했을꼬?"

나는 "담배 빼고 다요."라는 부끄러운 대답을 하고는 약 처방을 받아왔다.

다행히 중요한 스케줄들이 다 끝나서 묵언 수행과 함께 일주일 정도는 푹 쉴 요량으로 일주일치 약과 몸에 좋은 식재료들을 사서 귀가했다.

요즘은 한약을 먹는 중이라 커피와 술은 한동안 끊었으니 스트레스와 불규칙한 식습관만 바로 잡으면 되겠다고 생각했다. 역류성식도염에는 양배추가 좋다 하여 양배추도 샀다.

썩 몸에 좋을 것 같지 않은, 하지만 맛은 있는 음식을 참는 일도 어렵지만 그것보다 더 어려운 일은 삼시세끼를 손수 다 챙겨 먹는 일이라는 것을 이번을 계기로 알게 되었다. 그래봤자 거창하게 챙겨 먹지도 않지만 나름의 규칙을 정해서 정해진 시간에 밥을 먹는 일이란 정말 호락호락하지 않다. 배가 고프지 않아도 조금이라도 먹어야 하고 또한 배부르게 먹어서도 안 된다. 밤이 되면 기침이 심해져서 잠을 길게 못 자는데, 아침에 힘들게 눈을 뜨고 천천히 하루의 첫 끼를 준비한다. 그렇게 두 번의 밥을 더 먹어야 한다.

하루 종일 집에 있는데도 의외로 하루가 빠르게 지나갔다. 이

병의 가장 큰 단점은 식후에 두세 시간 정도는 눕지 않아야 한다는 것이다. 평소에 낮잠을 즐겨 자지도 않지만 정말이지 너무 피곤하다. 처방된 약에는 졸음을 유발할 수 있다고 적혀 있다. 30분 정도라도 자고 싶은데 식후 두세 시간 정도는 누우면 안 되기 때문에 시간을 보내다 보면 또 다음 끼니를 챙겨야 할 때가 온다. 그렇게 또 잘 수 있는 타이밍을 놓치고 하루의 마지막 끼니까지 챙겨 먹는다.

일주일 동안 푹 쉬기는커녕 너무 잘 먹고 너무 피곤한 삶을 살고 있다. 오늘의 마지막 끼니는 만둣국이었다. 얼른 세 시간이 흘러서 기침이 심해지기 전에 잠들고 싶은 마음뿐이다.

부디 꿈에서는 뭔가 먹지 않기를 바라며.

좋은
사람

함께 아는 지인들이 많은 연애는 사귈 때는 좋지만 헤어지면
꽤 곤란하다. 결국은 두 사람만의 문제라는 것을 느끼며 새로
운 삶을 정비해가고 있었다. 하루는 아는 동생을 만나서 이런
저런 이야기를 나누다 그의 소식을 듣게 되었다.
헤어진 후 내가 곤란해질 수도 있는 상황에서 최대한 말을 아
끼며 나를 배려하는 것이 느껴졌다.

"그는 좋은 사람이니까. 앞으로도 잘됐으면 좋겠어."

나는 동생에게 이렇게 말했지만, 집에 돌아오는 길에 기분이

묘하게 나빴다. 거짓말을 했기 때문이다.

물론 그는 좋은 사람이지만 나에게는 더 이상 아니다. 나에게 좋은 사람이었다면 어떻게든 우리의 손을 놓지 말았어야 한다. 헤어진 후 유일하게 내가 할 수 있었던 건 그가 좋은 사람이 아니었을 거라고 믿는 방법밖에 없었다.

다음부터는 이런 거짓말을 하지 않아야겠다.

수평
선

비공개로 글을 잘 쓰지 않는다.

그래도 나만의 동굴이 필요할 때가 있어 블로그에 비공개 폴더를 만들어놓은 적이 있다. 만들어놓고 한참을 잊고 지내다, 오랜만에 들어가 본 블로그에서 그 폴더를 발견했다. 2년 동안 두 개의 글을 써놓았다. 글을 쓴 적이 있긴 있었구나 하면서 비공개 폴더에 저장해둔 짧은 글 두 개를 읽어 내려갔다.

그 글을 읽자마자 당시에 내가 어떤 감정이었는지, 또 그 감정을 얼마나 감추고 싶었기에 꼭꼭 숨겨 놓았는지 선명하게 기억났다.

2014년 10월 7일 14시 55분의 기록은 '만약에 지금보다 더 행복해진다면 너 때문일까, 네가 아니기 때문일까'였다. 글이라고 말하기도 뭐한 짧은 문장이었다. 놀라운 건 14시 55분에 쓰여졌다는 사실이다. 밤도 아닌 낮에 뭐가 그리 서러웠을까.

최근에 뮤지션 '멜로망스'의 민석이가《달의 조각》이라는 책에 나오는 '수평선'이라는 글을 보여준 적이 있다. 그 글이 너무나 이해가 돼서 두고두고 마음이 아팠다. 결국 필사를 해놓기까지 했다.

작가는 언제나 고요했던, 그래서 마지막까지 물결 하나 일렁이지 않으며 무섭도록 잔잔한 수평선 같은 사람을 곤두박질치도록 사랑했다.

책 이야기를 나누며 민석이에게 나는 두 가지가 슬프다는 말을 했다. 내가 수평선에 가까운 사람일 때가 생각나서 슬펐고, 또 수평선에 가까운 사람을 사랑해서 슬펐다고.

블로그에 비공개로 써놓은 글은 수평선에 가까운 사람을 사랑했기 때문에 쓴 글이다. 보통 이런 글은 쓰는 것만으로도 내 자존심이 다치지만 남들이 읽으면 자존심이 더 크게 상하기에 아마도 비공개로 해놓았으리라.

두 사람이 동시에 사이좋게 수평선을 유지하면 사랑은 성립될
수가 없을 것이다. 시간이 많이 흘렀지만 좋았던 기억일수록
더 아프게 느껴지는 걸 보면 그런 풍파 속에서도 함께 수평선
을 유지하길 바라는 꿈을 꿨기 때문일지도 모르겠다.

K

남자 사람에서 남자의 범주로 들어온 사람이 있다. 돌파구가 필요해서 좋아하는 사람이 빨리 생겼으면 좋겠다고 생각한 찰나 눈에 들어온 사람이어서 그런지 개인적으로도 많이 헷갈렸고 지금도 솔직히 잘은 모르겠다. 모르겠는 것투성이다.

나는 사랑에 빠지지 않으려고 부단히 노력했다. 그런데 이런 노력에 최선을 다할수록 어찌된 일인지 그의 괜찮음은 더 확실해졌다. 그래도 어쨌든 그를 이야기하며 사랑이라는 단어를 붙이는 게 어색할 정도로 나는 그를 사랑하지 않을 수는 있었다.

깊게 사랑에 빠지지 않으려고 노력해야 하는 건 내 잘못이 아니다. 그리고 내 마음이 부족해서도 아니다. 오히려 어제보다는 오늘 더 마음이 커졌기 때문에 나는 그를 사랑하지 않는다.

연애를 안 하고 못하는 것도 내 잘못이 아니다. 괜찮아 보이는 사람들, 좋아하고 싶은 사람들은 늘 연인이 있거나 나를 좋아하지만 사랑하지는 않기 때문이다.

사랑이 아니기 때문에 앞으로도 나는 그를 잃지 않고 때로는 곁에 두며 계속 좋아할 수 있게 되었다. 사랑으로 넘어갈 수도 있는 그 위태로운 단계 앞에서 보이지 않는 줄다리기를 하며. 그리고 이따금씩 느슨해진 줄을 잡고는 서글퍼질 것이다. 잃고 싶은 기억이 될 정도의 좋은 추억도 만들 수 없음에.

키샤 콜은
모르는 love

그에게 도움을 받은 일이 있어 커피를 사기로 했다. 이런저런 이야기를 하다 보니 저녁시간이 되어 얼떨결에 같이 밥까지 먹게 되었다.

개인이 가지고 있는 특정한 기억들을 공유하다가 통영에 대한 이야기가 나왔다. 통영을 꽤 여러 번 가본 나는 가장 최근에 다녀온 통영에 대한 이야기를 했다. 그런데 신기하게도 그 사람이 마지막으로 혼자 다녀온 여행지도 통영이라고 했다. 상대방에 대한 호감이 전혀 없는 상태라면 이런 우연에 놀라거나 무릎을 탁 치는 일은 없을 텐데 나는 이미 놀라며 감탄하기 시작했다.

더 놀라운 건 다음 이야기였다. 그는 통영에서 키샤 콜^{Keyshia}^{Cole}의 노래를 계속 들었다고 했다.

나는 정말 놀랐다. 나도 여행을 가면 그때마다 꽂히는 아티스트의 음악을 반복하며 듣는데 최근에 통영에서 들었던 음악이 키샤 콜의 노래였기 때문이다. 평소에 그가 괜찮다는 생각은 했지만 딱히 호감이라는 단어까지 떠올리지는 않았었는데 아마도 이때가 호감의 범주로 들어서는 순간이었으리라. 그렇게 우리는 몇 시간이나 수다를 떨었다.

집에 돌아오는 길, 기분이 묘하기도, 설레기도 했다. 키샤 콜의 '러브^{Love}'를 반복해서 들으며 집까지 걸어오는데 무더운 여름에 마음까지 갑작스레 더워진 탓에 시원한 캔맥주를 하나 샀다. 소파에서 기분 좋게 맥주를 마시는데 모든 긴장이 다 풀려서 그런지 다 마셔갈 때쯤 잠이 솔솔 왔다. 팔을 쭉 뻗어서 두어 모금 남은 맥주를 책상에 올려놓고는 그대로 잠이 들었다.

몇 시간쯤 잤을까. 눈을 떴는데 새벽 두 시였다. 평소 같았으면 그대로 침대로 직행할 텐데 갑자기 한강에 가야겠다는 생각이 들었다. 잘 타지도 않는 자전거를 끌고 집 근처 한강으로 갔다.

입구에 도착해서 어느 쪽으로 갈지 고민하다가 왼쪽으로 정하고 핸들을 돌리는데 그가 동그란 눈을 하고 앞에 서 있었다.

그리움에
가까운

대학교 다닐 때 잠깐 좋아한 친구가 있다.

이성에 별로 관심이 없던 그 아이와 나는 꽤 친하게 지냈다. 친하게 지내다 좋아하게 된 건지, 좋아해서 친해진 건지는 잘 모르겠지만 그냥 같이 있으면 궁금하고 재밌고 그랬다.

나름 스스로를 철벽에 가깝다고 생각하지만 사람을 좋아하면 무장해제가 되는 것은 어쩔 수 없다. 그것도 이뤄지기 힘든 사랑 앞에서는 항상.

오로지 음악에만 관심 있었던 그 친구에게 나는 장난으로 좋다는 말을 여러 번이나 했다. 딱히 관계를 진전시켜 잘해보고 싫었던 건 아니었다. 그냥 이건 이래서 좋다, 저건 저래서 좋다는 말이 하고 싶어지면 상대방이 눈치 채지 않을 만큼의 소심한 표현을 했던 것이다.

하루는 수업이 끝나고 나오다가 벽에 붙어 있는 〈유재하 가요제〉 포스터를 봤다. 대학생이면 누구나 참여 가능했고, 실제 우리 학교에서 수상자가 꽤 많이 나와서 한번 참여해보고 싶다는 생각이 들었다. 당시에는 베이스기타를 전공하고 있던 터라 곡을 만드는 게 남의 일처럼 느껴졌는데 부쩍 좋아진 그 친구를 생각하면서 혼자 끼적거리며 곡을 만들었다.
가사의 첫 시작은 이랬다.

"그때부터 난 시작했던 거야. 너는 모르겠지만, 장난처럼 네게 좋아한다 말을 했던 내 고백."

그 후로 마음도, 관계도 진전이 없었던 탓에 뒷부분의 가사는 다양한 기억들과 상상을 덧붙여 곡을 완성했다.
그 친구에게 장난처럼 좋아한다고 했던 말이 지금은 가물가물

하지만 가사로 남아 있는 걸 보니 저 당시에는 정말로 진심이었구나 싶어 웃음이 난다.

아, 2절에도 그 친구를 생각하면서 쓴 부분이 있다.

> "이 세상 제일 좋은 것보다 널 좋아하기로 한 거야."

지금도 친하게 지내는 우리를 생각하니 왠지 부끄럽다. 잠시나마 머물렀던 내 마음을 그 친구는 아직 모르고 앞으로도 몰라야 하지만 어쨌든 나에게는 좋은 기억으로만 남아서 좋다. 이뤄지지 않은 사랑은 이뤄지지 않았기 때문에 이토록 아름답게 남을 수 있는 것일까.

너무나 준비되지 않은 마음으로 완성한 곡은 〈유재하 가요제〉 1차 예선에서 보기 좋게 떨어지고 말았지만 참가한 것만으로도 기뻤다. 발표일도 잘 모르고 넘어갔으니까.

지금처럼 가사를 쓰고 내 이야기를 음악으로 완성할 수 있게 한 시작은 아마도 이때부터가 아니었을까. 그렇다.

그리움에 가까운

모든 게 맘처럼 안될 때

니 맘이 내 맘과 조금씩 같지 않을 때

이별까지 찾아와 어쩌지 못한 수많은 날들에

모든 게 너였던 것처럼

니 맘도 내 맘과 같다고 믿었던 것처럼

이별까지 너라고 믿어야 했던 날들에

하고 싶은 게 많았는데

해줄 말도 많았었는데

아쉬움에 가까운

그리움에 가까운 널

생각해보는 요즘의 난 널

그리움에 가까운

너를 그리고 있는가 봐

너는 여전한 만큼 괜찮은 거지

난 그런 널 그리고 있는가 봐

다시 또 그리움에 가까운

너를 잊어버릴 것 같아

나는 그런 널 그리고 있는가 봐

널 그리워 하는가 봐

그리움에 가까운

너를 그리고 있는가 봐

너는 여전한 만큼 괜찮은 거지

난 그런 널 그리고 있는가 봐

다시 또 그리움에 가까운

너를 잊어버릴 것 같아

나는 그런 널 그리고 있는가 봐

널 그리워 하는가 봐

그리움에 가까운

아쉬움에 가까운

기다림에 멀어진

바래져간 사랑에